NOHOHON
E NIKKI

のほほん絵日記

さくらももこ

集英社文庫

もくじ

本文デザイン　祖父江　慎＋吉岡　秀典（コズフィッシュ）

第1章

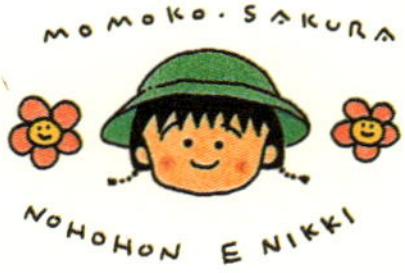
MOMOKO・SAKURA
NOHOHON E NIKKI

おばけ

息子（4才）が「まだねない」と言って
きかないので、私が「ねないと のっぺらぼうと
青いカオをしたこわい女と人さらいが来て
車で連れて行かれちゃうけど、それでも
いいの？」と言ったら
「いいわけねえだろーっ」と
怒鳴られた。

床屋のおにいさん

息子（4才）が私の母と床屋さんに
行ったとき、床屋のおにいさんが
茶髪にしているのを見て
「オレも茶色に染めてくれ」と頼んだら
おにいさんに「そんなことをすると
みんなにいじめられるよ」と
止められたそうだ。

ちょきんばこ

息子（4才）にちょきんばこを
つくってやった。そのうえ30円も入れて
おいてあげたのに、半年たっても
まったく貯金はふえておらず
しまいには息子に「コレ一体なんだよ」と
貯金箱の存在意義自体を問われるしまつ。
ばからしいったらありゃしない。

アメリカ人の家

子供のころ、近所の教会には
アメリカ人が住んでいると勝手に
思い込んでおり、教会の前を通るたびに
「アメリカ人の家」と言っていた。
それが別にアメリカ人の家じゃないと
知ったときには　そりゃもう驚いたものだ。

UFO

先日友達が「UFOをみた」と
言ったので「ええっどこで!? どういう
UFOだったか詳しく教えてっ」と言ったら
「そこまで盛り上がってくれる人もめったに
いないからうれしい」と言われた。
こんなに盛り上がる私って一体…。

金魚 前編

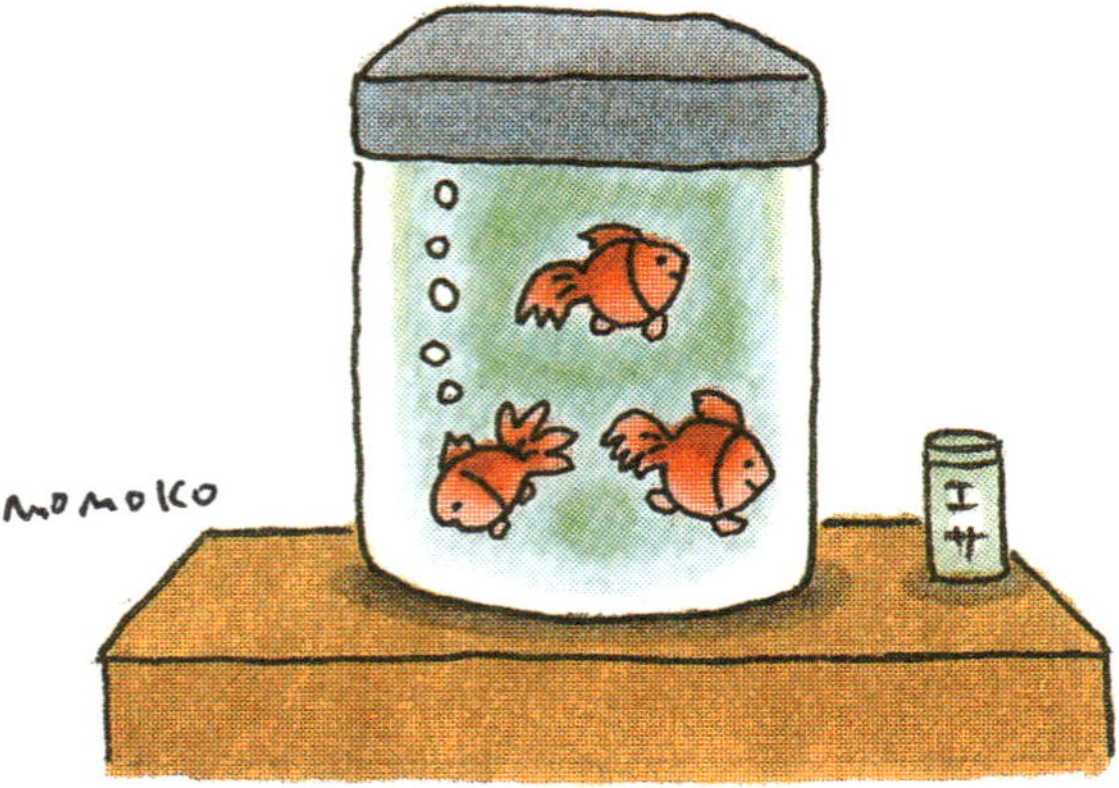

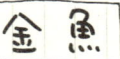

さいきん父ヒロシが
「金魚でも飼いてえなー」と言ったので
近所のペットショップで3匹買ってきて
あげたら　ものすごく喜んだ。
こんなカンタンに親孝行できて
よかった。

カメラ

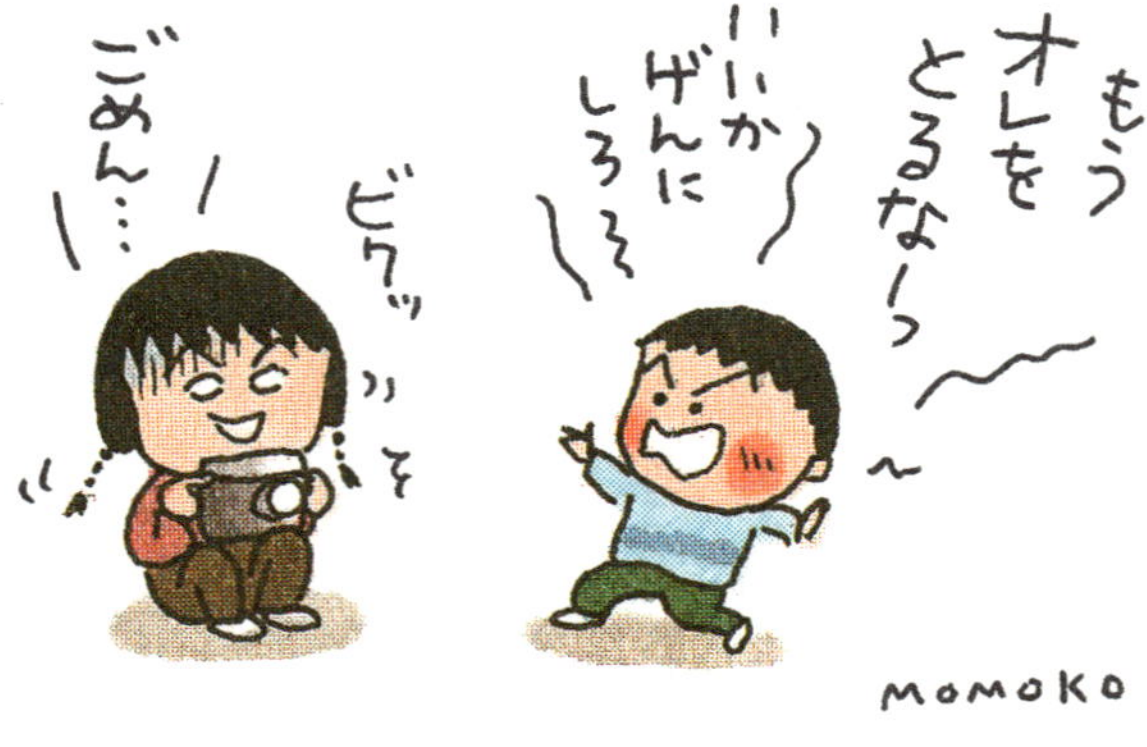

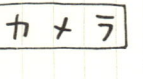

このまえライカのカメラを買ったので
うれしくて息子をとりまくっていたら
息子に「もうオレをとるなっ、いいかげん
にしろっ」と叫ばれてしまった。
たまちゃんのおとうさんのキモチが
身にしみてわかった。

金魚 後編

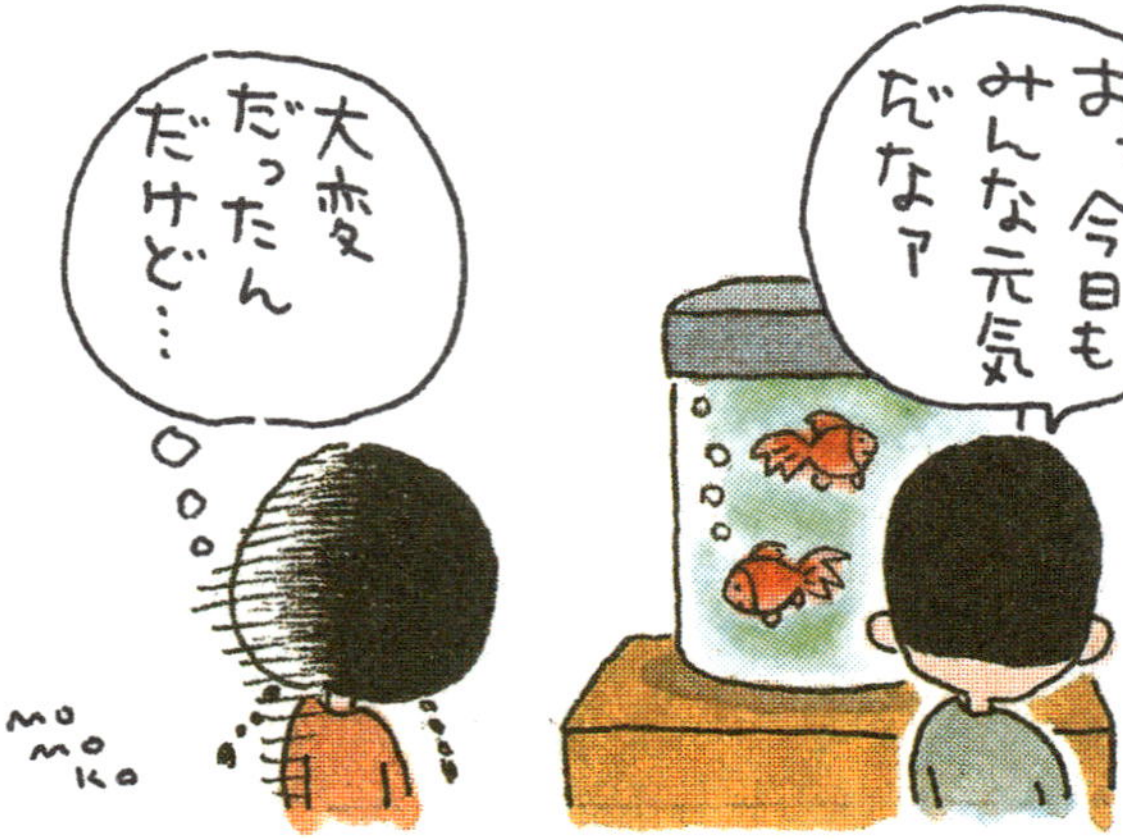

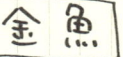

先日私が父ヒロシに買ってあげた
金魚が、病気になってしまった。
母が発見し「金魚が病気だ」と
さわいでいたので急いで治療したら
すぐ治った。そんな騒ぎがあったことを
ヒロシは気づいてなかったようだ。

カメのなまえ

うちにはカメが何匹かいるのだが
特に名前をつけずに飼っていたら
息子（4才）に勝手に「ドラえもん」と
つけられてしまった。
…別にいいけど「ネコじゃないのに…」と思った。

くいしんぼう同盟

先日、友達4人で
「くいしんぼう同盟」という会を
結成した。4人ともくいしんぼうだから
という理由で結成したのだが
今のところ　その会は別に活動していない。

カレンダー

せっかく私が自宅用の
かわいいカレンダーを作ったとたん
母が〝ゲゲゲのキタロー朝９時〟
とボールペンで書き込んでしまった。
孫のために、ゲゲゲの鬼太郎の時間を
忘れぬようにという理由だそうだ……。

甘栗

このまえ甘栗を
買ったら店のオヤジが
「コレ、おまけだよ」と言って
10個ぐらい栗をバラバラと
手渡されたが、焼きたてだったので
あつくて困った。

ためし

母に「肩こりの治る石のネックレス」というのをプレゼントした。

インチキだとイヤなので、まず母が使ってみて効いたら私も使おうと思っている。

母は「こんないい物をありがとう」と喜んでいたので、彼女で試していることは言えない。

母の体重

このまえ母が妹にむかって
「おねえちゃんはもう少しやせた方がいいね」
と言い、私には「ももこはもう少し太った方が
いいね」と言っていたが、人の体重を
心配するより自分の体重を心配しろと
妹も私も思った。

スパッツ

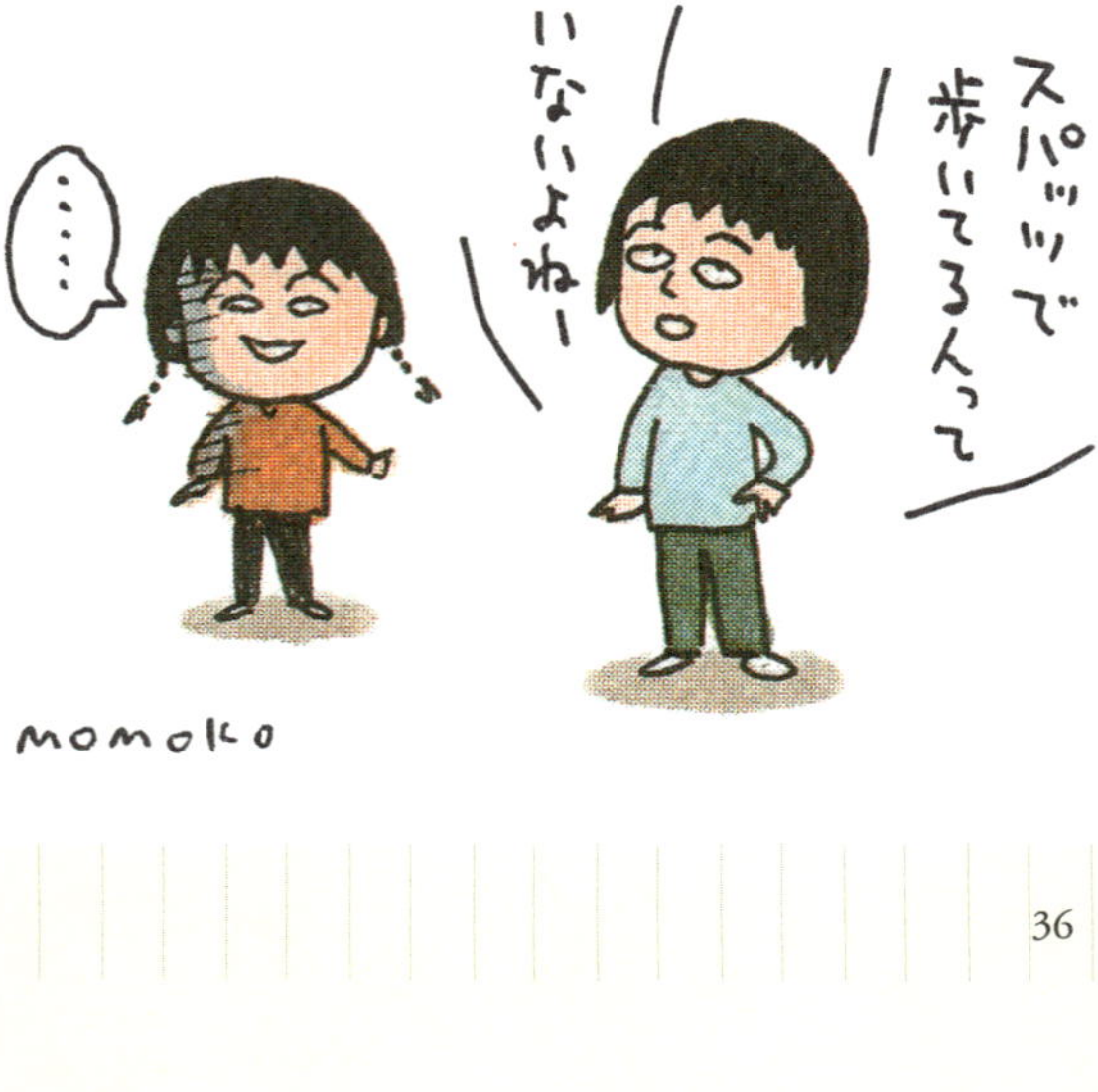
スパッツで歩いてる人って
いないよねー
……
MOMOKO

私はスパッツがわりと好きで
よくはいているのだが、先日妹に
「今どきさア、スパッツをはいてる人って
あんまりぜんぜんぜんいないよね」と
言われてしまった。
私が目の前ではいているのに、だ。

セーター

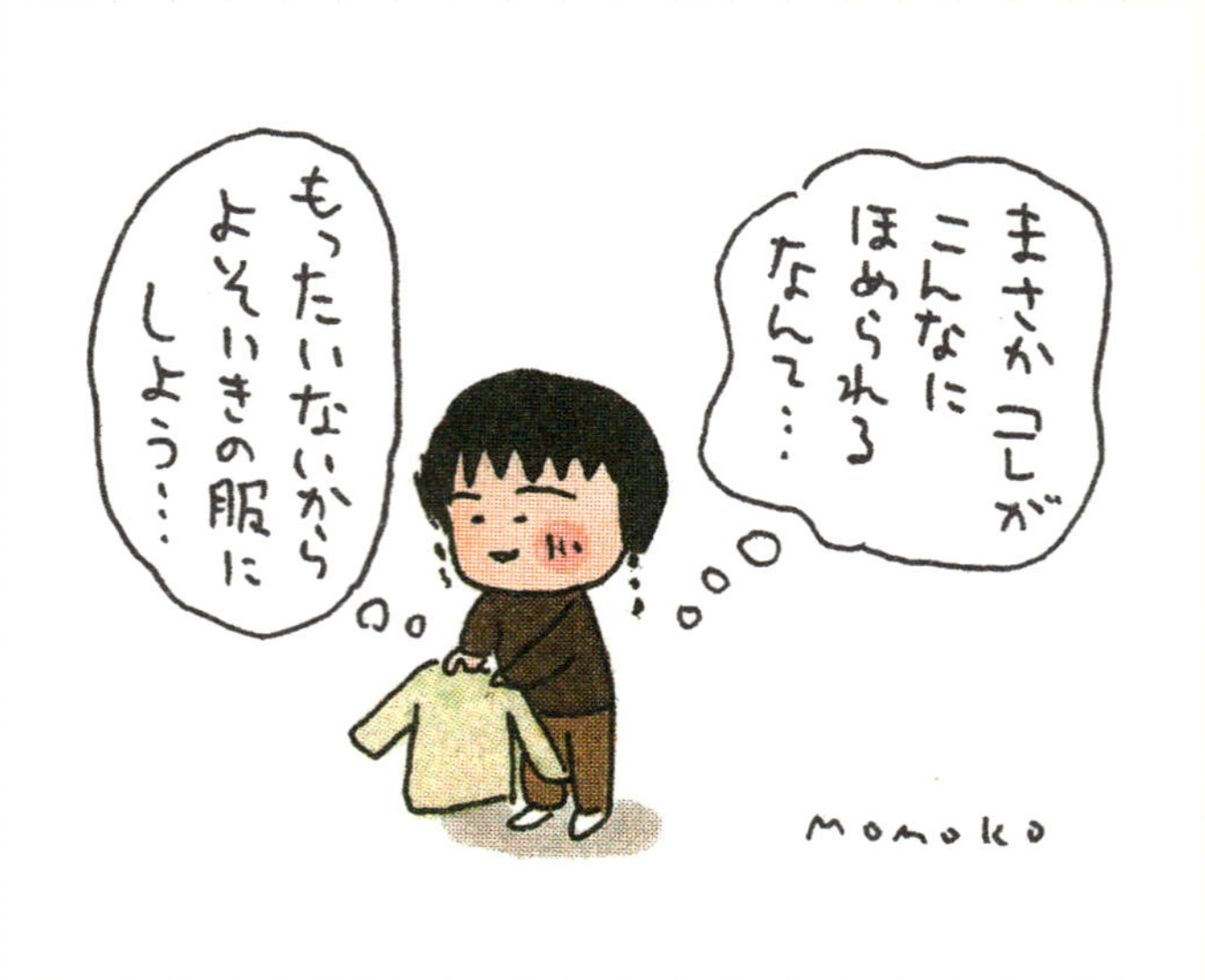
まさかコレがこんなにほめられるなんて…
もったいないからよそいきの服にしよう…
MOMOKO

10年ぐらい前に買ったセーターを
なんとなくてきとうに着ていたら
「そのセーター、いいね」と　たて続けに
3人ぐらいにほめられたので、　あわてて
着がえて　そのセーターは　よそいきの服に
することにした。

バッチ

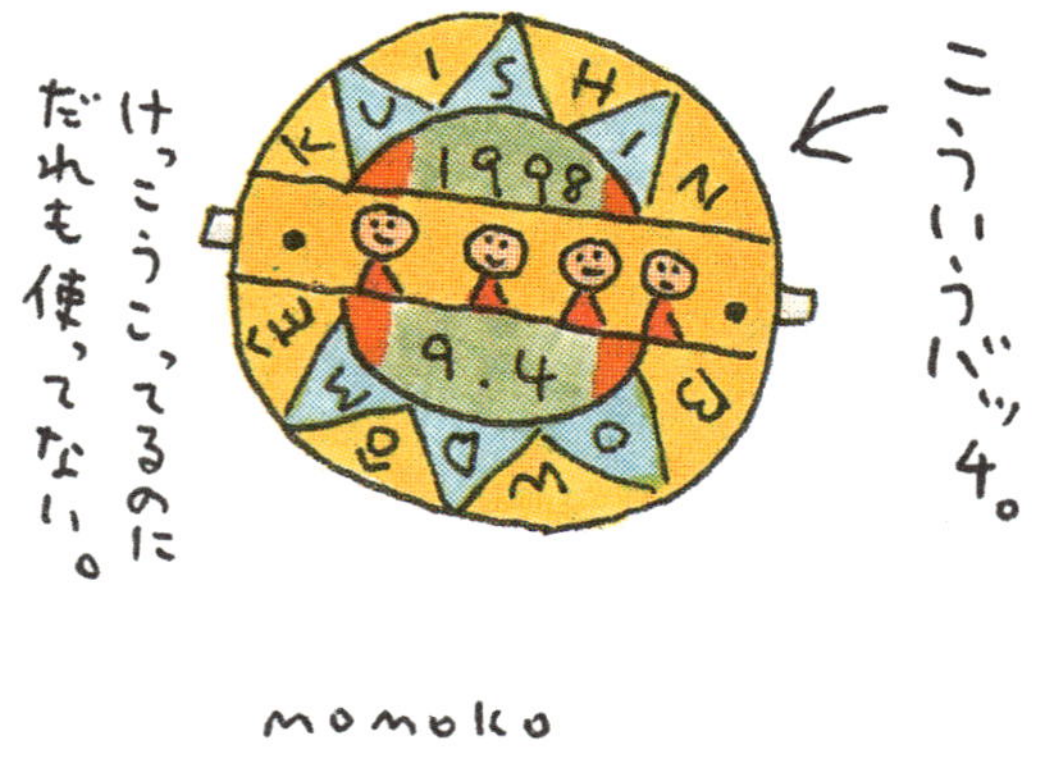
こういうバッチ。
1998
9.4
けっこうこってるのに
だれも使ってない。
momoko

先日、友人4人で結成した
『くいしんぼう同盟』で、会員バッチを作った。
わざわざそんなバッチを作ったものの
それをつけて歩く機会もないので
4人とも、机の中にしまいっぱなしに
なっている。

ハロー

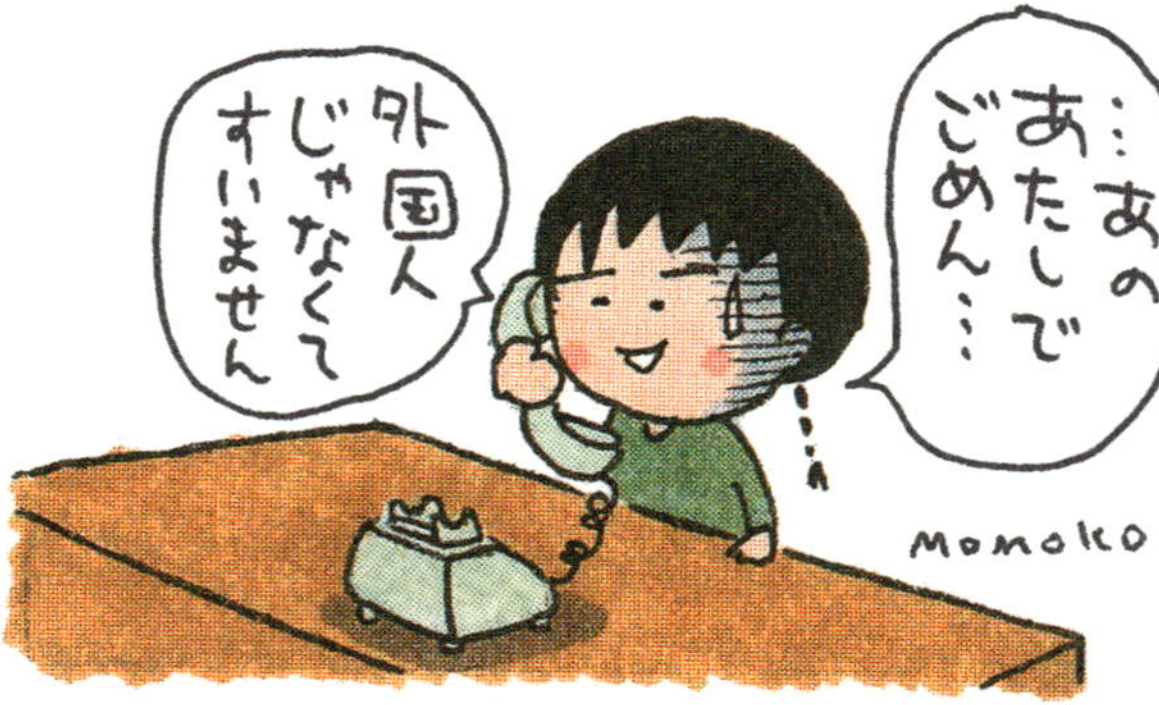
…あの
あたしで
ごめん…
外国人
じゃなくて
すいません
MOMOKO

先日、友人の家に電話したら
「ハロー」と友人がでたので私は驚き
「…ごめん。外国人じゃなくて あたしだけど…」
と言ったら 友人は気まずそうに
照れ笑いをしていた。
こっちだって「ハロー」と言われても、
困る一方だから あやまるしかない。

クイズ番組

あんたこのまえクイズの問題になってたよ
みたみた。さすがにアレは私もわかったよ。
↑他の問題はぜんぜんわからなかっん。
← 友人
MOMOKO

このまえクイズ番組をみていたら
「もものかんづめの作者は誰でしょう」
という問題がでたので 思わず
「ハイ、あたしっ」と手まであげて
答えてしまったが、「あたし」という
答えでは まちがいである。

定食屋

久しぶりに定食屋に行ったら
ものすごくいっぱいメニューがあり
どれにしようか さんざん悩み
結局 ヒレカツ定食にしてしまった。
いつも 結局 ヒレカツにしてしまう。
たとえどんなにたくさんの メニューが
あっても。

ライカのカメラ

息子が私のライカのカメラを見て
「オレにもライカのカメラをちょうだい」
と言うので「だめ。ぜったいあげない」と
言ったら「なんでたまちゃんのおとうさんも
持ってるのにオレにはくれないんだよーっ」と
怒った。…そんなこと言われても…。

いいもの

ずっと前、神奈川県のいとこの家に
あそびに行ったとき「いいものを見せて
あげるから」と言われ、さんざんきつい坂を
のぼらされ、着いたとたんに「ホラ、あれを
見なよ。あれが富士山のあたまだよ!!」と
自信まんまんに言われて脱力した。
…わたしゃ清水生まれの清水育ちで
毎日富士山見てるんですけど。

おやゆび姫

息子がTVでおやゆび姫を見て
「おかあさん、ああいう小さくて
かわいい女の子をほしいよ。買って」と
せがんだ。　あんなにカワイイものが
売っていたら私だってとっくに買っている。

企画だおれ

友人が「京都においしい甘栗がある」と言うので非常に軽いノリで「よーし、あさって行こう」ということになった。新幹線のキップまで買ったのに、当日台風がきて京都の甘栗屋行きは中止になった。

よっぱらう

このまえ久しぶりに友人と
お酒を飲み、いい調子になり
ふたりとも大笑いしたり泣いたり
励まし合ったり、とにかく酔っ払った。
朝になり「…なんであんなに大騒ぎ
したんだろ」とお互いわからぬまま
疲労して別れた。

ヒロシの説明

父ヒロシが「あのさァ、時代劇でよォ
馬にのってな、大さわぎしてな、こう
アレだよ あいつ、高倉健だか
誰かが大あばれ。さむらいみてえなよォ、
…アレ、何ていうんだっけ」と言った。
『暴れん坊将軍』のことだとすぐ
わかったが、私はわざと黙っていた。

デパートの思い出

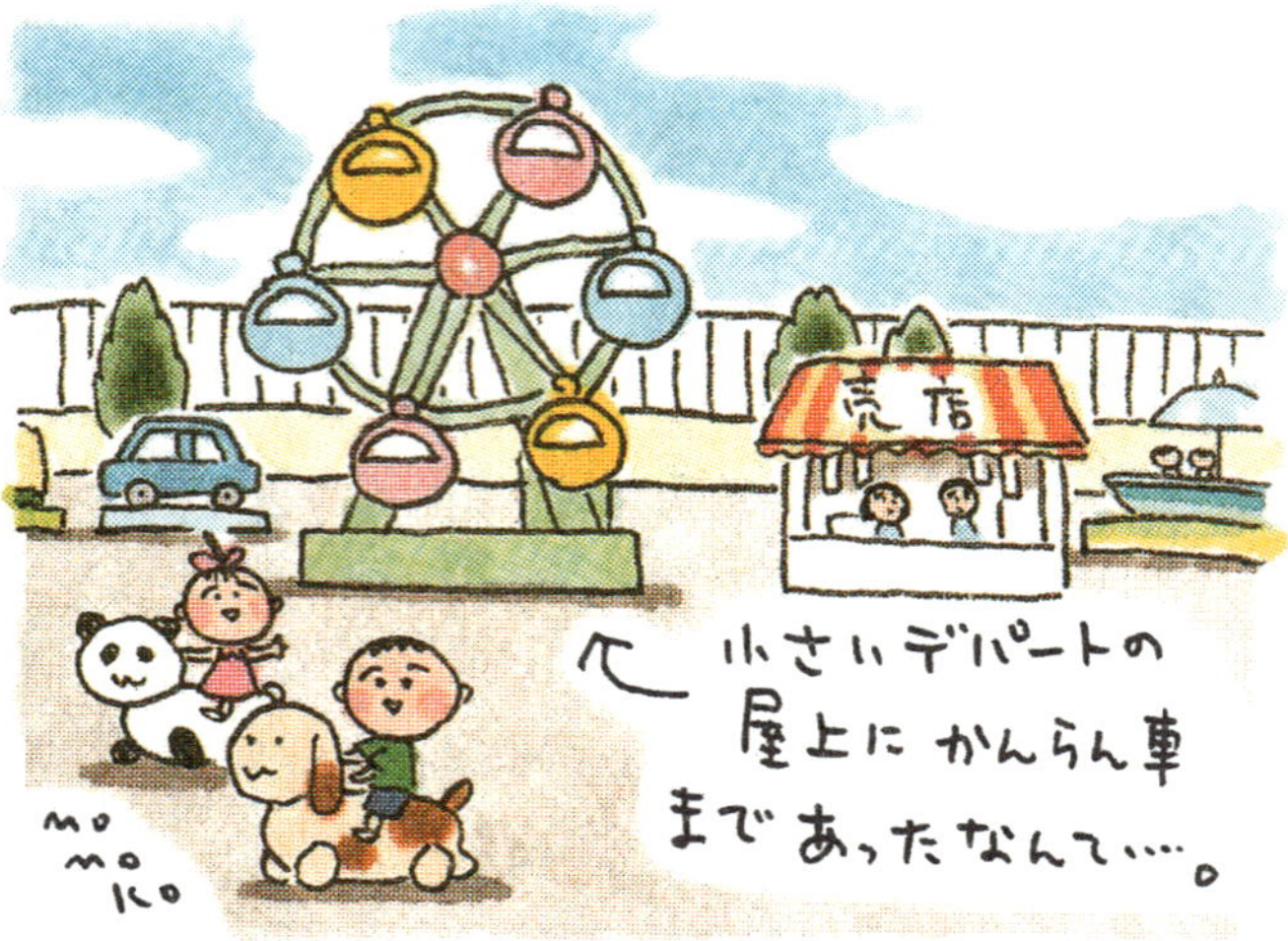

売店
小さいデパートの
屋上にかんらん車
まであったなんて…。
MOMOKO

昔、うちの近くの小さいデパートの
屋上に、かんらん車とモノレールと
ゲームコーナーと売店があり
たまに「バルタン星人」まで来たり
していた。なんであんなに小さい
デパートの屋上がそんなに充実
していたのか　いまだにナゾだ。

けんこう酒

「健康のため」と言って
薬草を自分で適当に焼酎に
漬けて作った『けんこう酒』を
朝から飲んだらすっかり酔い、
その日一日ムダにした。
寝る前に飲めばよかったと思う。

さかなの名前

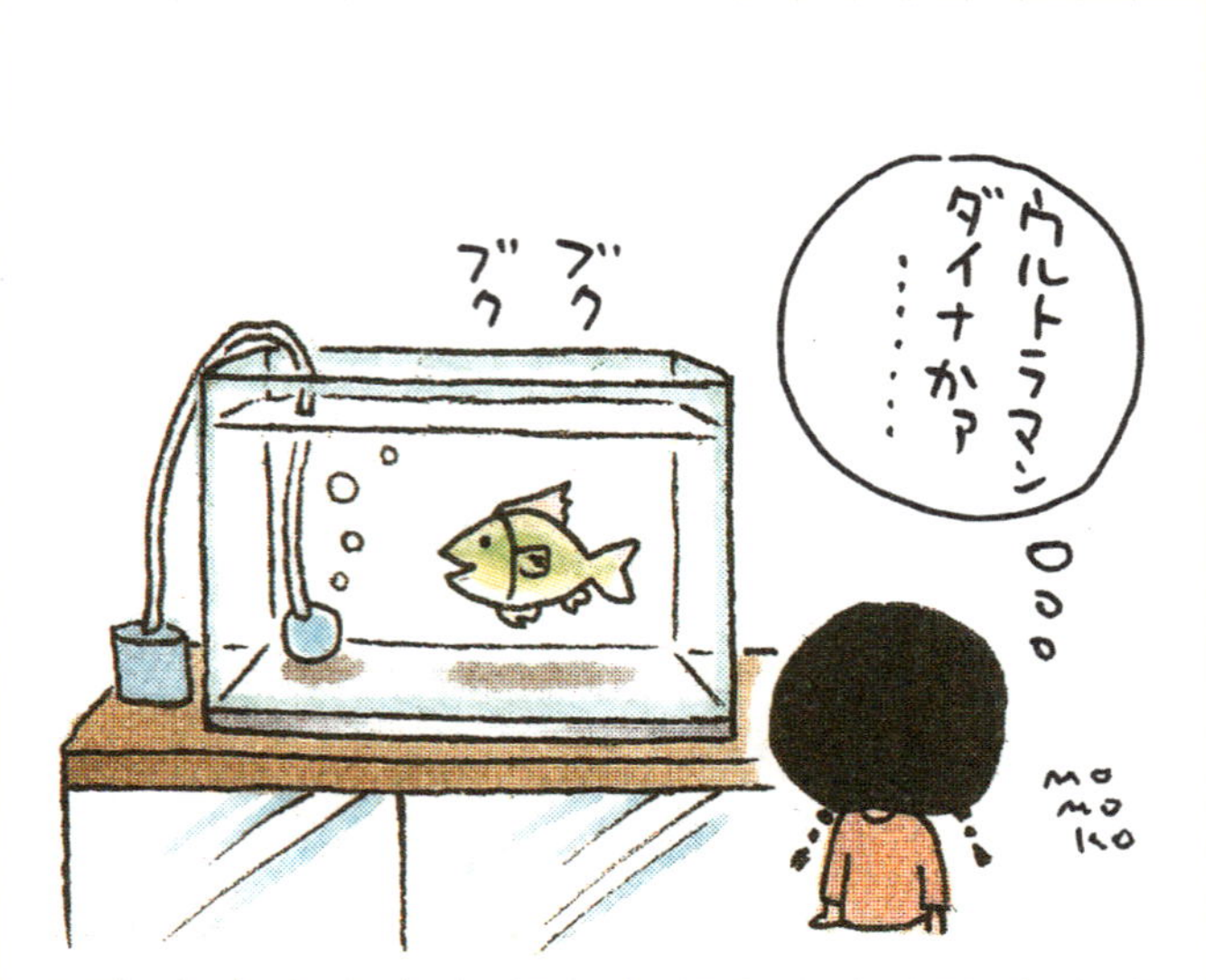
ウルトラマンダイナかァ……
ブクブク
MOMOKO

以前カメの名前を勝手につけた
息子が、今度は熱帯魚に
「ウルトラマンダイナ」とまた勝手に
つけてしまった。
私からエサをもらっているウルトラマン
ダイナなんて、いざという時 人類のために
ぜんぜん役立ちそうもない。

貴《き》腐《ふ》ワイン

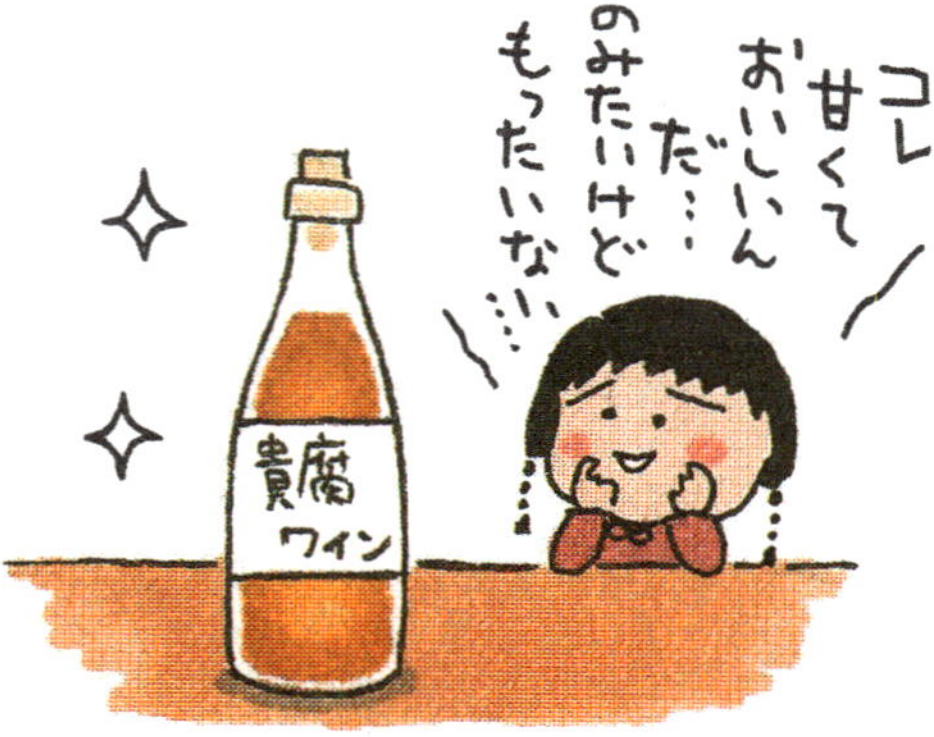
コレ甘くておいしいんだ…
のみたいけどもったいない…
貴腐
ワイン

先日サントリーのワイン工場を
見学させてもらったとき、貴重な
貴腐ワインを入手した。
「こんなすばらしいワインは、すごく大切な
何かの記念日に飲もう」と思い
ずっと飾ってあるのだが、一体どんな
大切な記念日に飲むというのか
自分でもまだわかっていない。

第2章

息子の貯金箱のその後

なるべく目立つように
棚の上においてあるのに
地味なので目立たない。
ちょきんばこ
MOMUKO

このまえ息子につくってあげた貯金箱に
ぜんぜんお金が入ってなかったので
少し入れておいてあげたのに、息子は
いつまでたってもちっとも気づかなかった。
こんなことなら入れなきゃよかった
と思い、出そうとしたのだが
フタがきつくてあかなかった。

プリン

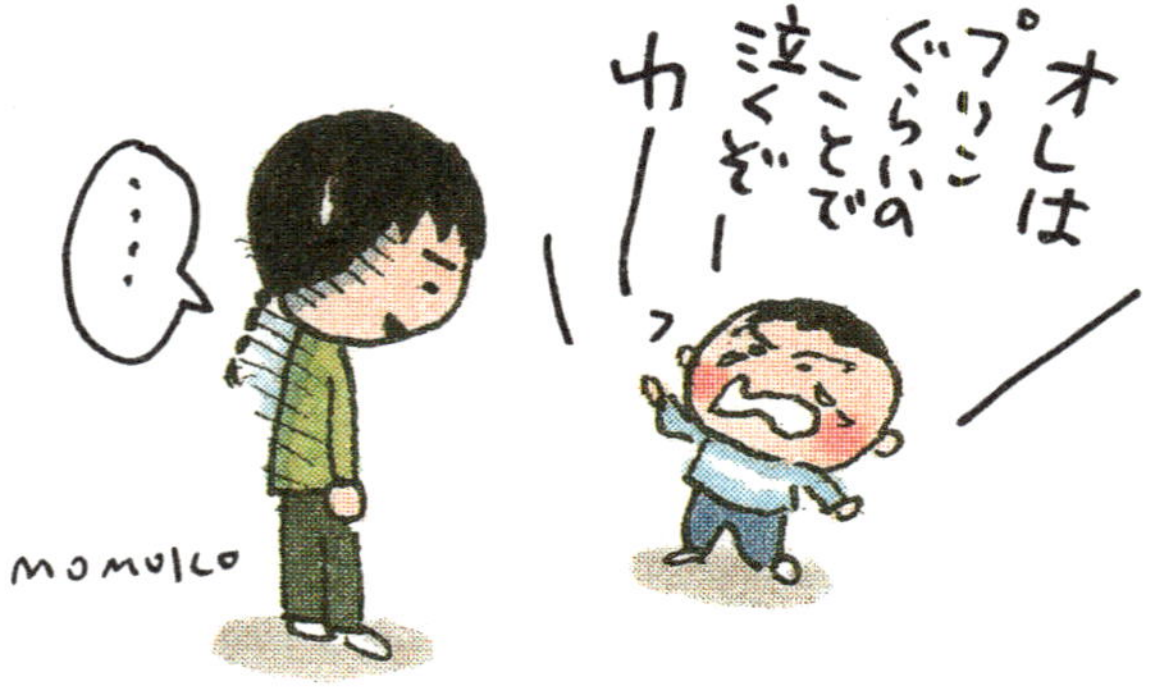
オレはプリンぐらいのことで泣くぞ!
わ——っ
……
MOMUKO

れいぞうこにあったプリンを食べてしまったら、
息子が泣いて怒ったので「ごめんごめん」と
謝ったが許してくれなかった。
あんまりうるさいので「こらっ
プリンぐらいのことでいちいち泣くなっ」と
こっちも怒ったら「プリンぐらいのことで
オレは泣くぞー」と宣言してますます
泣いた。

レーズンサンド

なにげなく「レーズンサンドが
食べたいなァ…」と思っていたところへ
たまたま友人が遊びにきて
おみやげにレーズンサンドをくれたので
ものすごく大喜びしてしまった。

買いすぎ

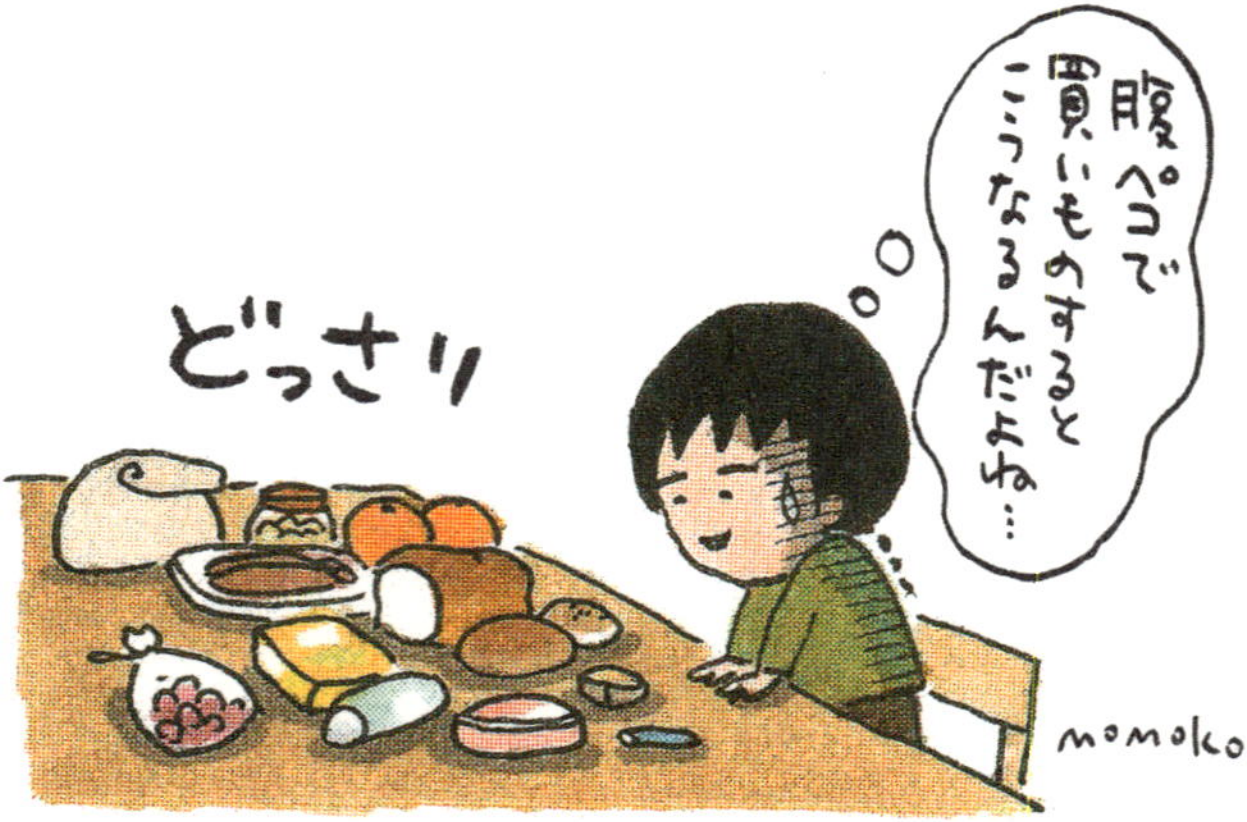
腹ペコで買いものするとこうなるんだよね…
どっさり
MOMOKO

お腹がすいていた時 スーパーに行き
あれもこれもいっぱい買い
ついでにパン屋に寄って
あれもこれもとまた買った。
全部食べられると思うほど
お腹がすいていたのに
ついでに寄ったパン屋のパン2個で
満腹になった。

すし

今年の正月は
元旦から連続4日間毎日ずっと
家族全員で手巻きずしを食べたのに
誰も飽きず「こんなにスシが
食べられて本当にいい正月だ」と
全員で言った。
なんか幸せだった。

ヒロシの夢

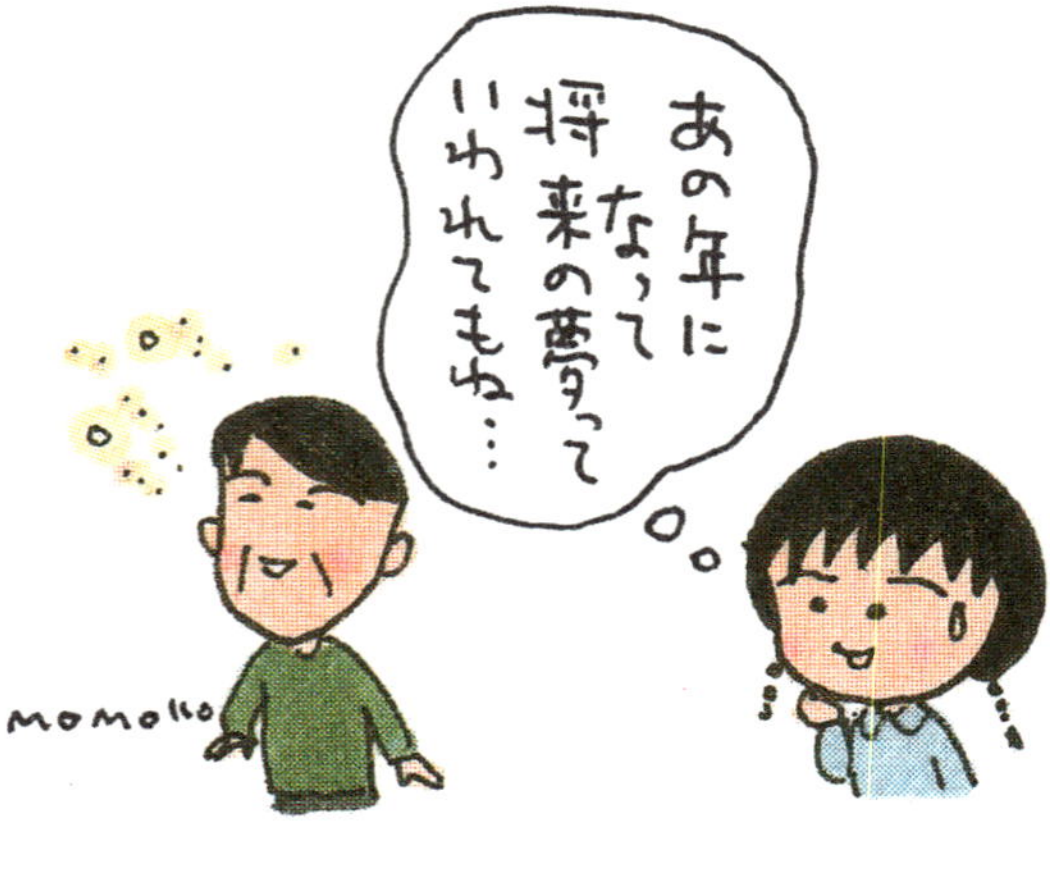
あの年に
なって
将来の夢って
いわれてもね…
MOMOKO

父ヒロシは「オレはよオ、将来
海のみえる所に家を建てて
毎日ツリをして暮らすのが夢だなし
と言っているが、そんな夢を語られても
私は叶えてやれないし、ヒロシ自身も
60才をすぎて今さら自分でも
どうしようもない。

初夢

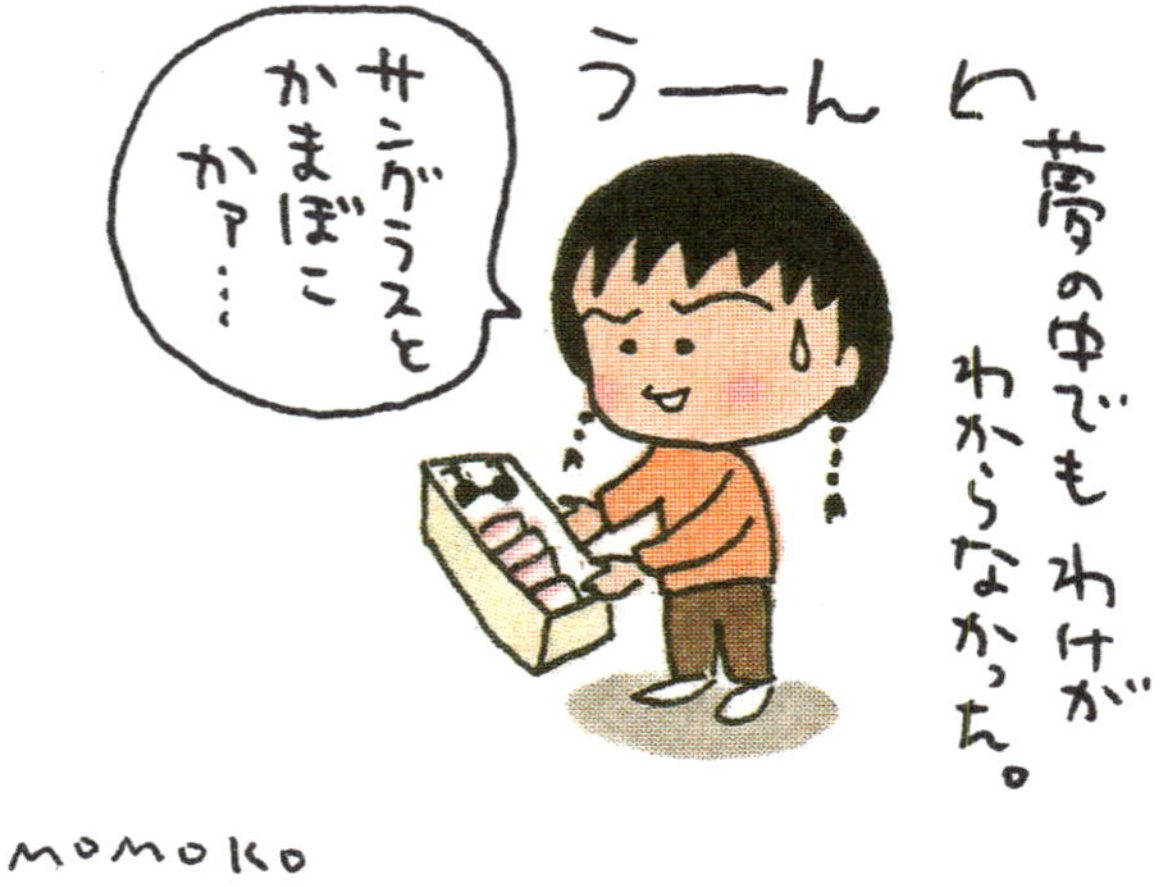
サングラスとかまぼこかァ…
うーんと
夢の中でもわけがわからなかった。
MOMOKO

今年の初夢は知人から
サングラスとかまぼこ10個ぐらいが
箱に入って宅配便で送られてきた
という夢だった。なんかいいこと
あるのかどうか全くわからない夢だ。

手紙

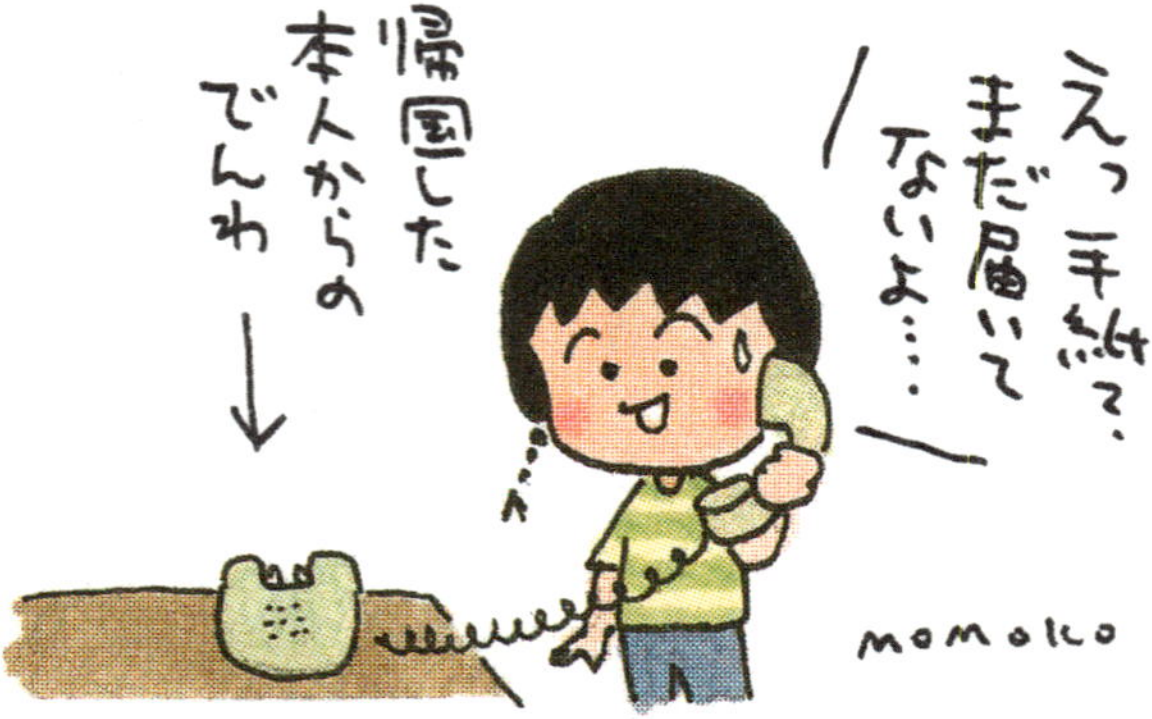
えっ手紙て、
まだ届いて
ないよ…
帰国した
本人からの
でんわ
MOMOKO

加藤紀子ちゃんは外国に旅行すると
いつも旅先から私にハガキを
送ってくれるのだが、毎回必ず
手紙が届くより早く本人が日本へ
帰ってきている。でもうれしい。

お花屋のお兄さん

息子が近所のお花屋のお兄さんに
さんざんかわいがってあそんでもらったあと
「おじさん、ありがとう」と言ったため
大変気まずくなった。
あわてて「お兄さんでしょ」と言ったが
手遅れ。

クリスマス会

クリスマスの日にヒマ人を集めて
うちでパーティーをやろうと思い
「24日にヒマな人は参加して下さい」
と声をかけたら、来たのは過半数が
うちの会社の社員だった。
クリスマスイブにヒマ人が多い
うちの会社って一体…

写真

このまえ小学校のときの
写真をみていたら
たまちゃんやはまじが写っていた。
友人にも見せたら「わー、ホントに
いたんだね」と言われた。
ホントにいたんだよなーと、自分も
写ってるのに思った。

自分のウワサ

近所の和食の店に行ったとき
隣の席にいたカップルが
さくらももこがどうのこうのとウワサ
していたので黙ってきいていた。
けっこうほめてくれていたのでうれしくなり
お礼を言おうかと思ったが、ドキドキして
言えなかった。

しらんふり

このまえ買い物に行く途中、
ほいくえんのみんなと散歩している息子の
姿をみつけたので「おーい」と手を振ったら
息子はクルリと背を向けてムシした。
あとで何でムシしたのかと尋ねたら
「だってはずかしいだろ」と言った。
ムシされるほどはずかしい私って一体…。

まいこさん

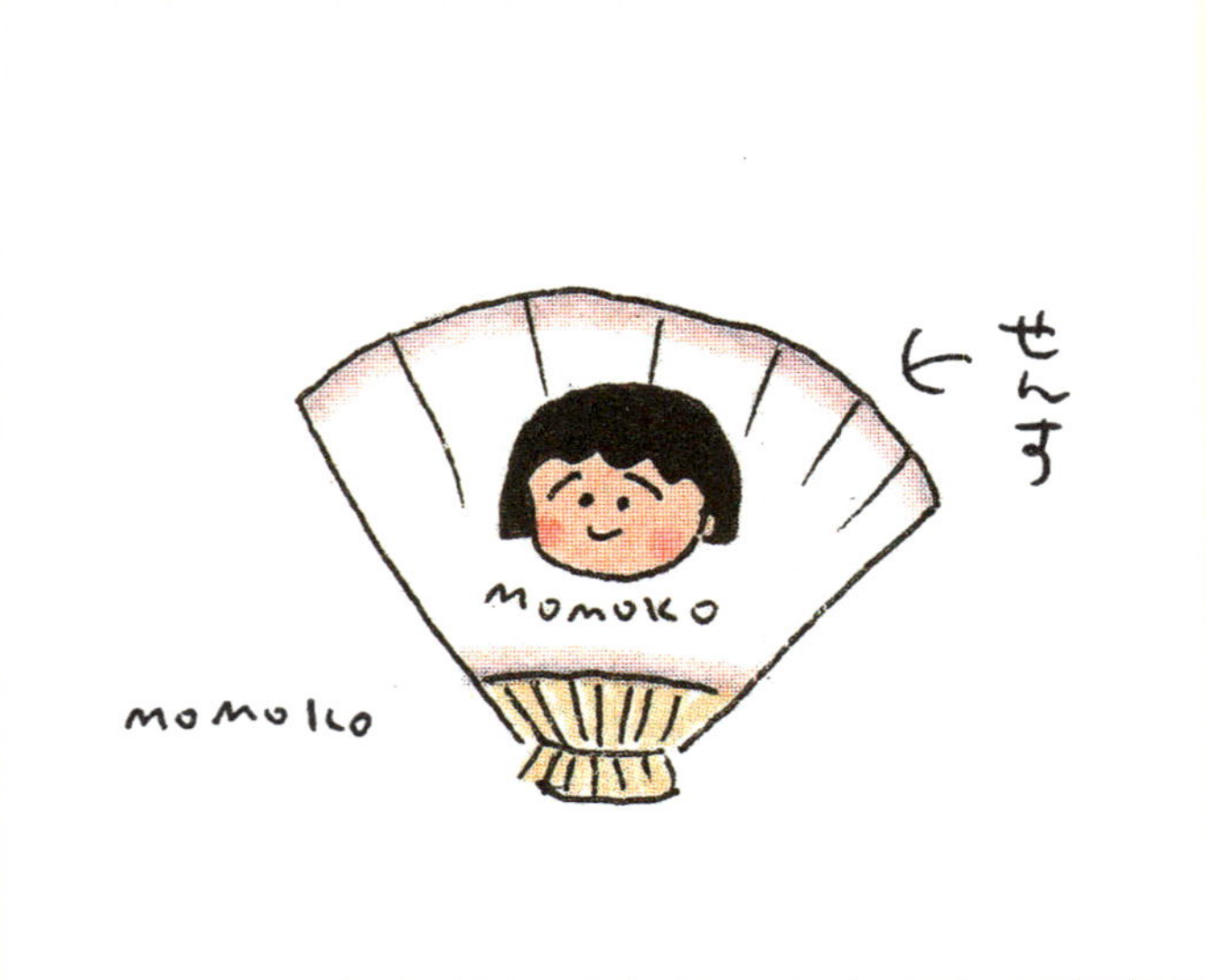
せんす
MOMOKO
MOMOKO

このまえ友人と京都に行った時
まいこさんに「まる子ちゃんを描いて下さい」
と言われてせんすを出されたので驚いた。
せんすにまる子をうまく描けるかどうか
ドキドキしながら描いたのだが
どうにか描くことができ、喜んでもらえ
たので　ホッとした。

夢の年末ジャンボ宝くじ

クリスマスパーティーのとき
クリスマスプレゼントに宝くじを50枚も
持ってきた人がいて、もしもコレが当ったら
みんなで山わけしようという話で大変
盛り上がった。マンションを買うとか馬を
買うとか、あれやこれやの大騒ぎだったが
結局一枚も当たらなかった。ホントに
年末にジャンボな夢をみせていただいた
という感じだ。

東京タワーのおみやげ

東京タワーで買った絵皿には
高速道路よりも高層ビルよりも
富士山よりもヒコーキよりも雲よりも
高く東京タワーが描かれている。
いくら東京タワーが高いとはいっても
雲より高いっていうのはデフォルメしすぎだ。

骨盤ベルト

私と母は「骨盤ベルト」を買った。
これは骨盤の位置を正しくするための
ゴムバンドで、おへその下あたりに巻くのだが
母は「下腹がでてるのも治るかもね」と
言いながら巻いていた。
そんなもの、骨盤じゃないんだから
治るわけないじゃないか。

うめぼし

先日デパートの食品売場で
うめぼし屋のお兄さんが
「全種類のうめぼしの味見をさせてやるよ」
と言ったのでさせてもらった。
10種類以上あったし、すごくすっぱかったので
大変だったけれど、おいしかったので結局
2キロも買ってしまい、帰りが非常に重く
なった。

小杉のマネ

息子がごはんをなかなか食べないので
「さあ、あんたも小杉みたいに食べなさい」と言ったら突然「よーし、オレは小杉だーっ」と叫んでガツガツ食べ始めた。　たまには自分の描いたマンガが役に立つものだ。

息子のお金

息子がすぐに買い物に行きたがるので
「もう、買い物にばっかり行ってたから
お金がなくなっちゃったよ」と言ったら
息子はハッとし、いそいで自分の
ちょきん箱を持ってきて
「コレ、全部やるから。おつりはいいから」
と言って去っていった。43円入っていた。

めざまし時計

うちにある　まる子のめざまし時計は
セットした時間になると
「時間ですよー、時間だよっ
時間だってば。起きてちょうだいよォ
たのむよ ひとつ」などと延々しゃべる。
私が考えたセリフなのだが
眠い時に言われると、うるさい。

ぜんぜんちがう

ある朝、息子が急に私にむかって
「おかあさん、にっかぐりのサレだってさ」
と言うので、全くわけがわからず
「え、にっかぐりのサレって」とききかえしたら
そばにいた母が「三日ぶりの晴れって
言ったつもりなんだよ。天気予報をさっき
見てたからさ」と言った。

うちのおじいちゃん

おかあさん、あのさ
まる子のおとうさんとうちのおじいちゃんは同じ名前だね
ああ そういえば そうだね…
momoko

息子がまる子のアニメをみていて
「まる子のおじいちゃんは　ともぞう。
うちのおじいちゃんは　ヒロシだし
と言った。
私の時代は　ヒロシはおとうさんだったのに
ヒロシも年をとったものだ。

ふでいれ

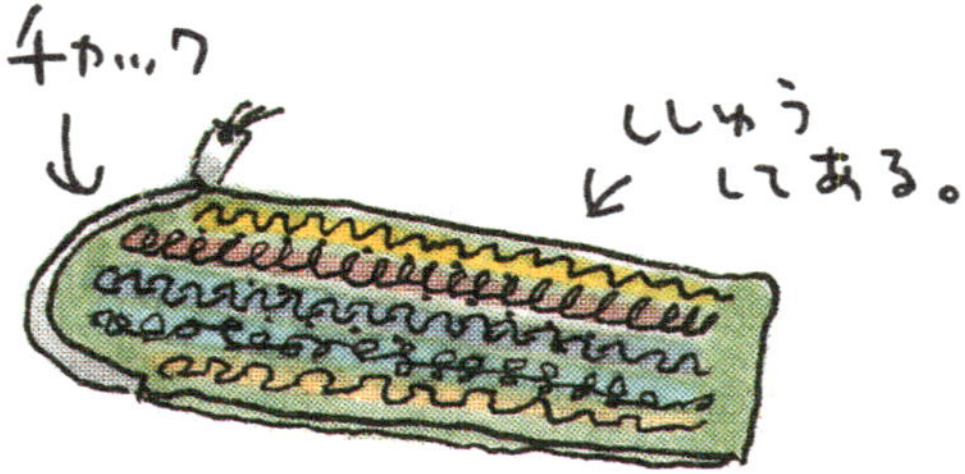

momoko

私の持っている布の筆入れは
もう10年以上も使っている。
チベットとかネパールとか　その辺の国の
筆入れだと思うが、デパートで何気なく
買った時にはまさかこんなに長い間使うとは
思ってもみなかった。　たぶん一生使うと思う。

第3章

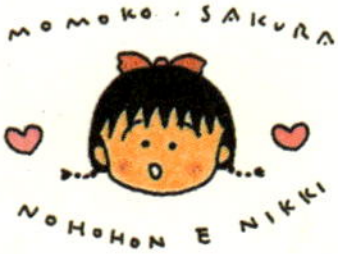
MOMOKO・SAKURA
NOHOHON E NIKKI

今年の正月

去年の正月、手巻きずしを家族で
喜んで食べて幸せだったので今年も
手巻きずしを食べようと思い
大みそかにわざわざ混んでいる街に行き
手巻きずしのネタをいっぱい買ってきた。
そして年が明け、私がちょっと用事で
出掛けているうちに、ネタは全部
なくなっていた。……正月早々、本気で
腹が立った。

わかんないよ

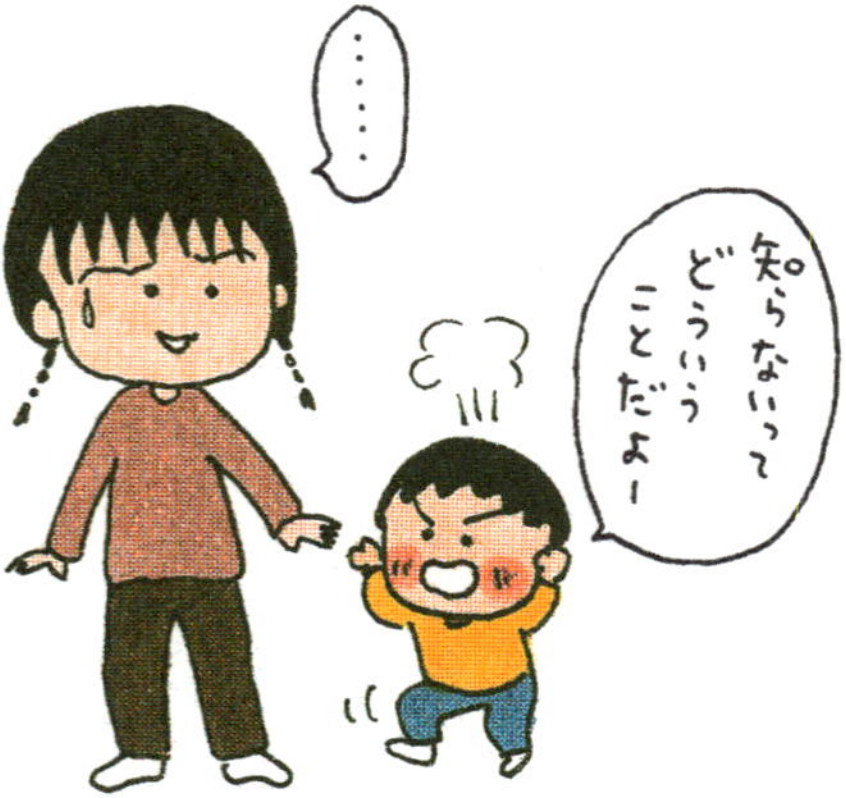
……
知らないってどういうことだよー

息子が私の子供のころの
写真を見て「ママが子供のころ
ボクはどこにいたの？」ときくので
「さあ、わかんないね」と言ったら
カンカンに怒って「わかんないって
どういうことだよーっ」と叫んだ。
どうもこうも、こっちが教えてもらいたいよ。

らくがき

私が5才頃買ってもらった
「しらゆきひめ」の絵本の
りんごのばあさんの顔のところに
「ばか」とらくがきしてあった。
本気で頭にきていたのだろう。

ただ飲んだだけ…

ある日友人達が来て 酒を飲み
全員酔っ払って調子にのり
せっかくとっておいた貴腐ワインを
「これも飲んじゃおーし」「そうしよーし」
という軽いノリで飲んでしまった。
…何の記念日でもなかったのに。

もちつき器

もちつき器を買ったら両親が
ものすごく喜び、ひんぱんに
利用し始めた。　たまに
「ご飯はないけど　おもちなら
あるよ」などと言われ、　それも
どうかと思うほどの利用ぶりだ。

ごもっとも

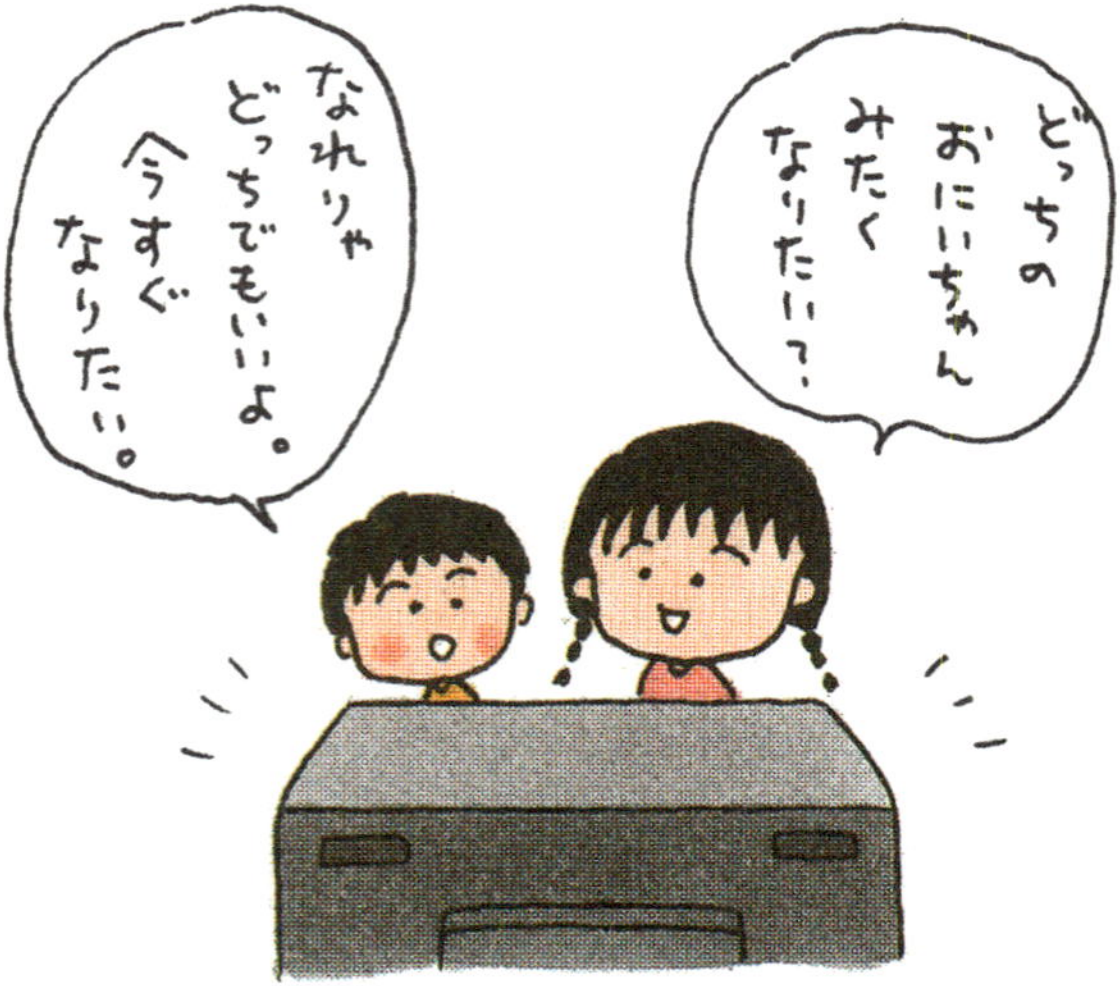
どっちのおにいちゃんみたくなりたい？
なれりゃどっちでもいいよ。今すぐなりたい。

息子と一緒にテレビで
KinKiをみている時
私が息子に「大きくなったら
どっちのお兄ちゃんみたいに
なりたい？」ときいたところ
息子は「どっちでもいいからなれりゃ
なりたいよ」と言った。

かわいそうなヒロシ

ヒロシは家族中で一番
犬の面倒をみているのに
家族の誰よりも
犬はヒロシになついていない。

マッサージ

さいきん 私と母が
マッサージをしてもらう前に
必ず息子が「オレもやってほしい」
と言って、少しやってもらっている。
肩と腰がキモチいいらしい。

かんたんな名前

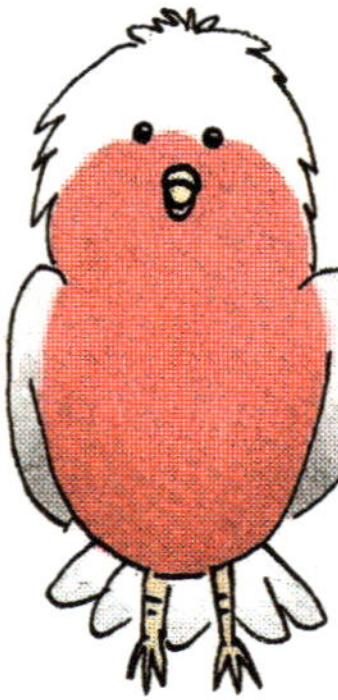

うちで飼い始めたモモイロインコは
「モモちゃん」という名前にしたのだが
モモイロインコの90パーセントぐらいは
モモちゃんという名前になるらしい。
店にいる時からすでにモモちゃんと
呼ばれている子もいるようだ。
モモイロインコだからね…。

ヒロシの腕時計

ヒロシに腕時計を
買ってあげた。
喜んでいたが「どこにそれを
していくつもりで」ときいたところ
「魚屋か米屋だな」と言った。

変な症状

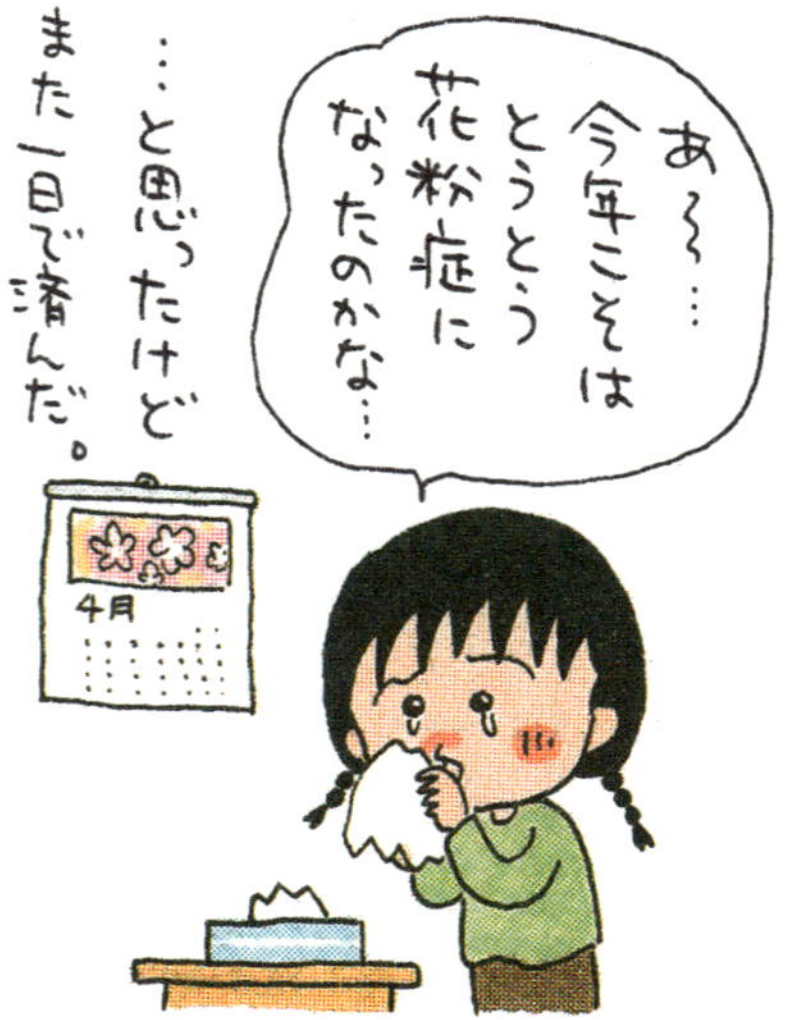

あ〜…今年こそはとうとう花粉症になったのかな…
…と思ったけどまた一日で済んだ。
4月

私はここ数年
春先になると一日だけ
花粉症の症状になる。
でも一日で治るので
一体どういうことだろうと
考え中だ。

ミキサー
ハチミツ少し
バナナ
ヨーグルト
みかん
氷
りんご
ニンジン
これだけ入れても
たった1分でOK。
今までって一体…。

今まで苦労して
リンゴとニンジンをすりおろして
それを布でしぼって飲んでいたが
最近ジューサーを買って
他のフルーツも入れて飲んでいる。
すごく楽でおいしい。 もっともっと
早くに こうすりゃよかった。

その中にはいないって

息子が「キンキに会うためには
テレビをこわして中に入るしか
ないっ」と叫んでテレ画面に
突進して頭をこすりつけたので
あわてて止めた。

黙ってもらえばいいのに

母に宝石を買ってやったら
「こんな高い物をあんたに買って
もらうなんてわるい」と何度も
言うのでうるさくなり「じゃあ、
お母さんが死んだ時に返してもらえば
いいからさ。死ぬまでかしてやるだけだよ」
と言ったら「自分で払う」と言い出した。

ちがうって…

おいおい ワタナベ君っ 久しぶりっ
いやァ このまえ キタダ君のことを アンタとまちがえちゃってさァ
また まちがえてるよ ・・・・

私は以前キタダ君という人に
会ったとき、ホフディランの
渡辺君とまちがえてそのまま
10分以上喋り続けてしまった。
そして最近、また渡辺君かと思って
キタダ君に声をかけてしまった。
…すごいひんしゅくをかった。

うちのおばあちゃん

母が息子のようちえんに
お迎えに行った時
息子がクラスメイトに
「うちのおばあちゃんは65才なんだ。
ちょっとデブだけどかわいいんだよ」
と大声で言ったため、母は居ても
立ってもいられなくなったそうだ。

ノらない生徒

ピアノの佐々木先生がピアノの
ついでに英語も教えてくれると言って
プリントを作ってきたのだが
全員はずかしがってひと言も喋らな
かった。仕方ないので先生は英語の
歌を歌い出したのだが、これも
続いて歌う者は誰ひとりいなかった。

木村さんのケータイ

友人の木村さんのケータイは
いつもだいたいつながるのに
ある時 まったくつながらなくなった。
どうしたのかと心配していたら
トイレに落として使えなかったことが
あとから判明した。

キモチはわかる

息子が「オレは小学校に入っても勉強はしたくないなァ」と言うので　私は「そりゃそうさ。そのキモチはよーくわかるよ。私もしたくなかったからさ」と息子のキモチに共感しているのを母にきかれ「あんたの話はするんじゃないよ」と釘をさされた。

まりも

さっぽろの空港で　まりもを
買ってしまい　一応育てている。
もうすぐ1年近く経つが
買った時とほとんど何も変わらぬまま
時々浮いたり沈んだりしている。
まりもが生活に与える面白さは
少なめだ。

ぜんぜんよくない

仕事の大詰めで10人ばかり
スタッフがうちに集まった時
「もう仕事はいいから酒でも飲もう」
と急にみんなでなぜか言い出し
飲めや歌えの大騒ぎになった。
大騒ぎのあとに残った酒の空ビンは
10本以上。「仕事はいいから」なんてことは
全くなかったため、翌日全員途方に暮れた。

目標のび太君

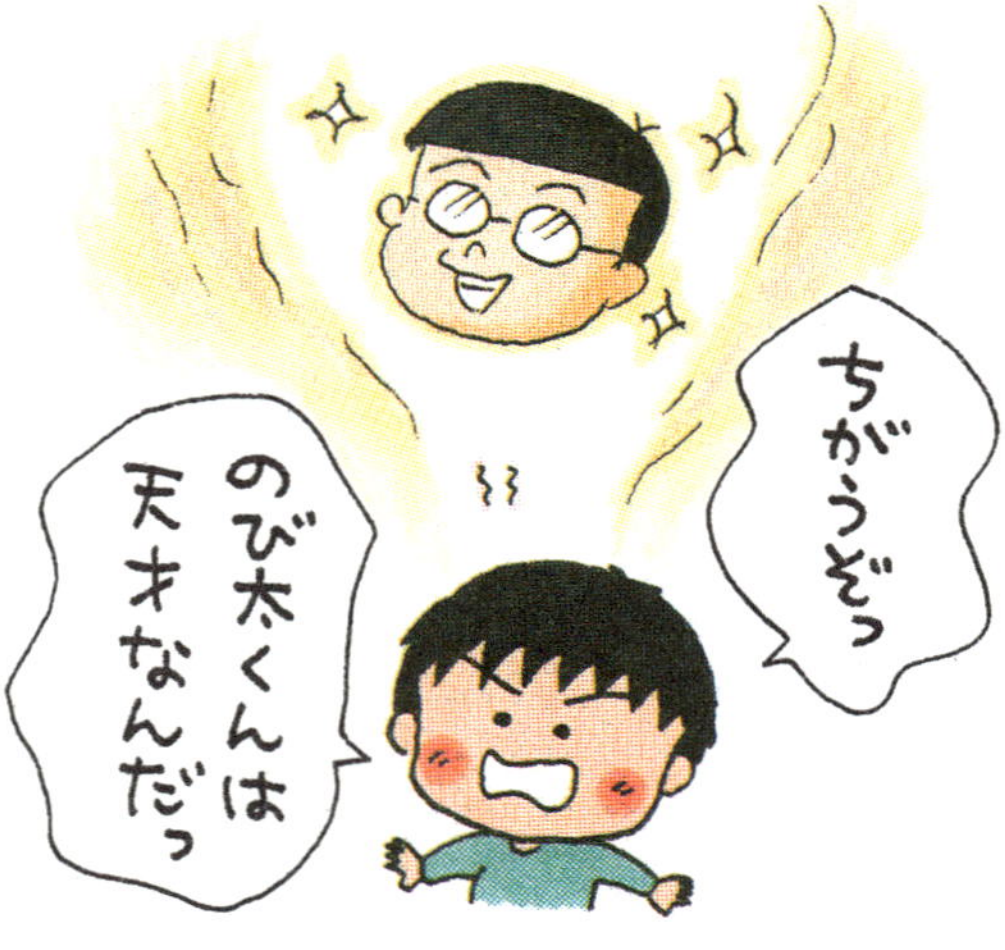
ちがうぞっ
のび太くんは天才なんだっ

息子が「のび太君みたいにメガネを
かけるんだ。のび太君は　メガネを
かけているから頭いいんだよね」と
言ったので、私は「のび太君のメガネは
たぶんマンガの見すぎだと思うよ」と
言ったが　息子はきかなかった。

カサ

雨が降りそうだったけど
大丈夫だろうと思って家を出たら
雨が降ってきた。
仕方なくデパートに入ってカサを
買ったが　外に出たら雨はやんでいた。
一日中、いらないカサを持ち歩く
ことになった。

咲いた植木

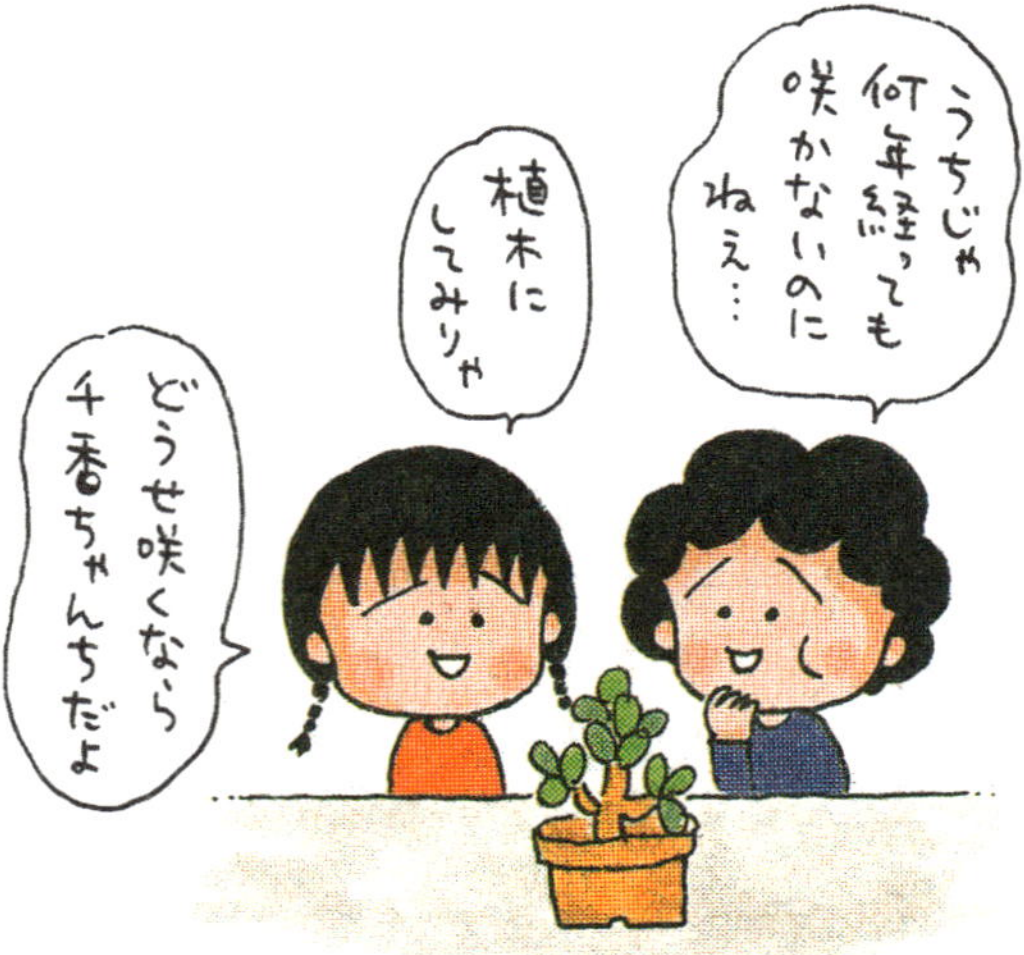
うちじゃ何年経っても咲かないのにねえ…
植木にしてみりゃ
どうせ咲くなら千香ちゃんちだよ

うちでは一回も 咲いたことが
なかった植木を 賀来千香子さんに
あげたら それから まもなく
「花が咲いたよ!!」という連絡があった。
美人の家では 咲くんだな、と思う。

なんで買ったんだか

ついつい
チーズフォンデュセットを
買ってしまったが、今まで
一度もそんなことしようと
思ったこともなければ
これからも それを使う
可能性はかなり低い。

春日さん伝説

知人の春日さんという人が
ある雨の降った日にほっかむりをして
コンビニの袋を長グツがわりにしてはき、
そのままその姿で電車に乗って
家に帰ったという話が　我々の間で
ちょっとした伝説になっている。

ケータイの番号

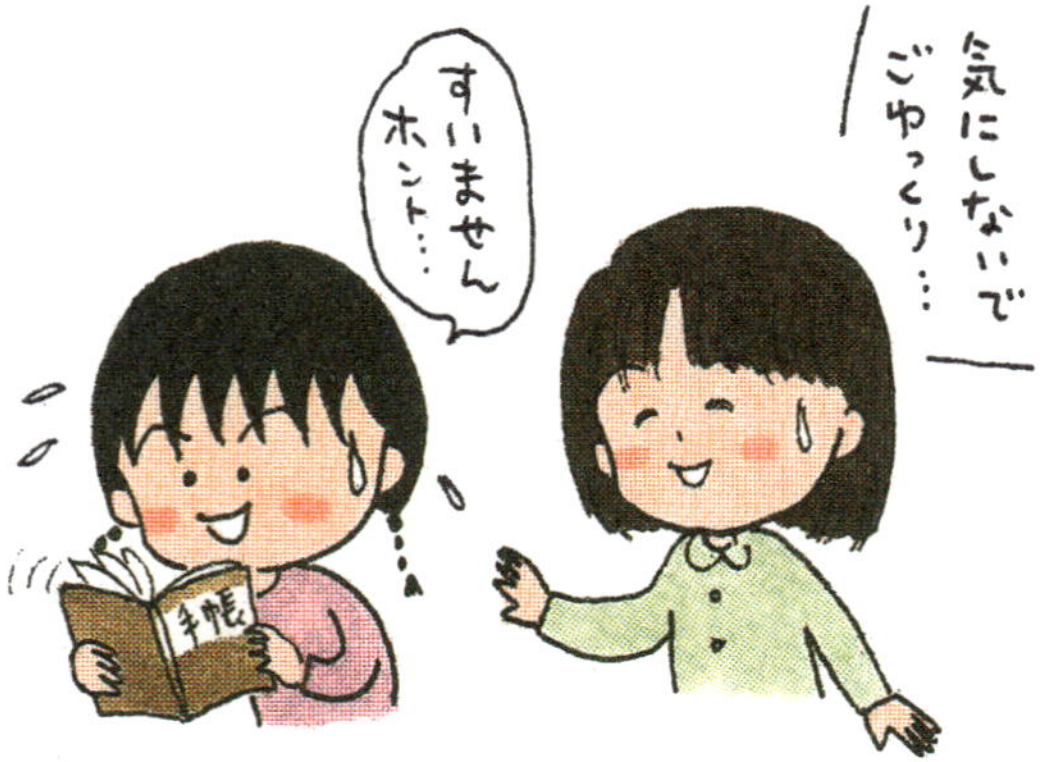

気にしないでごゆっくり…
すいませんホント…
手帳

私は自分のケータイの番号を暗記していないので、人に教える時いつも手帳を見たりしてモタモタしてしまう。

モタつきながら「すいません…」とあわてる私にむかってたいていの人が「自分のケータイの番号って、意外と覚えてないもんですよね」と言ってくれるのだが、こんなことでモタつく人を自分以外にあんまり見たことがない。

手術

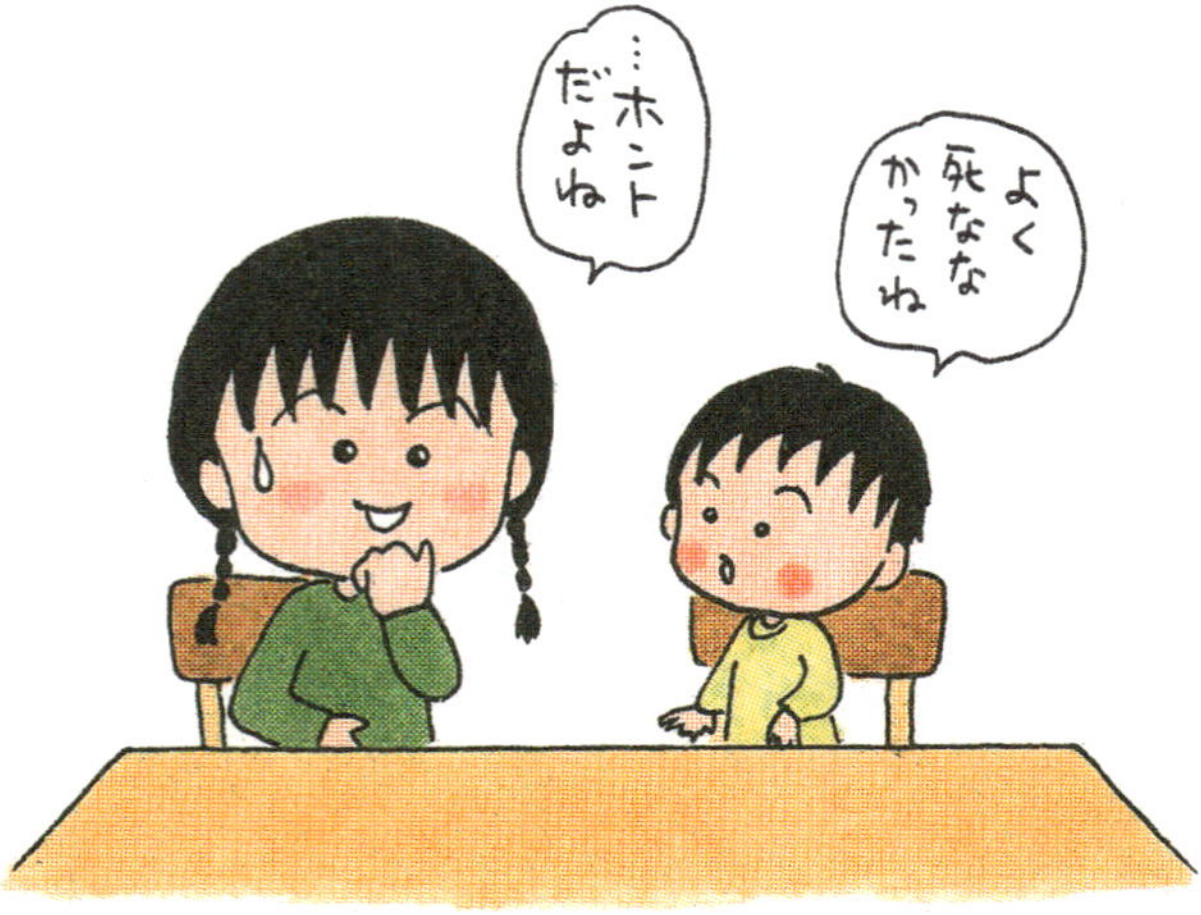
よく死ななかったね
…ホントだよね

息子に「おかあさん、オレが生まれるとき
お腹切ったんでしょ。よく死ななかったね」
と言われた。
……ホントに、手術ってすごいなァと思う。

電話のベルのマネ

モモイロインコのモモちゃんが
最近電話のベルの音の
声マネをするようになったため
たまに本物の電話の音とまちがえて
ハッとしてしまう。もっと他の言葉を
覚えりゃいいのに。他のことは一言も
喋らない。

ヒロシの問いかけ

おい そんなに 電車の運転 うまくなって どうすんだ？

はっ

…どーすんだろ ホントに……

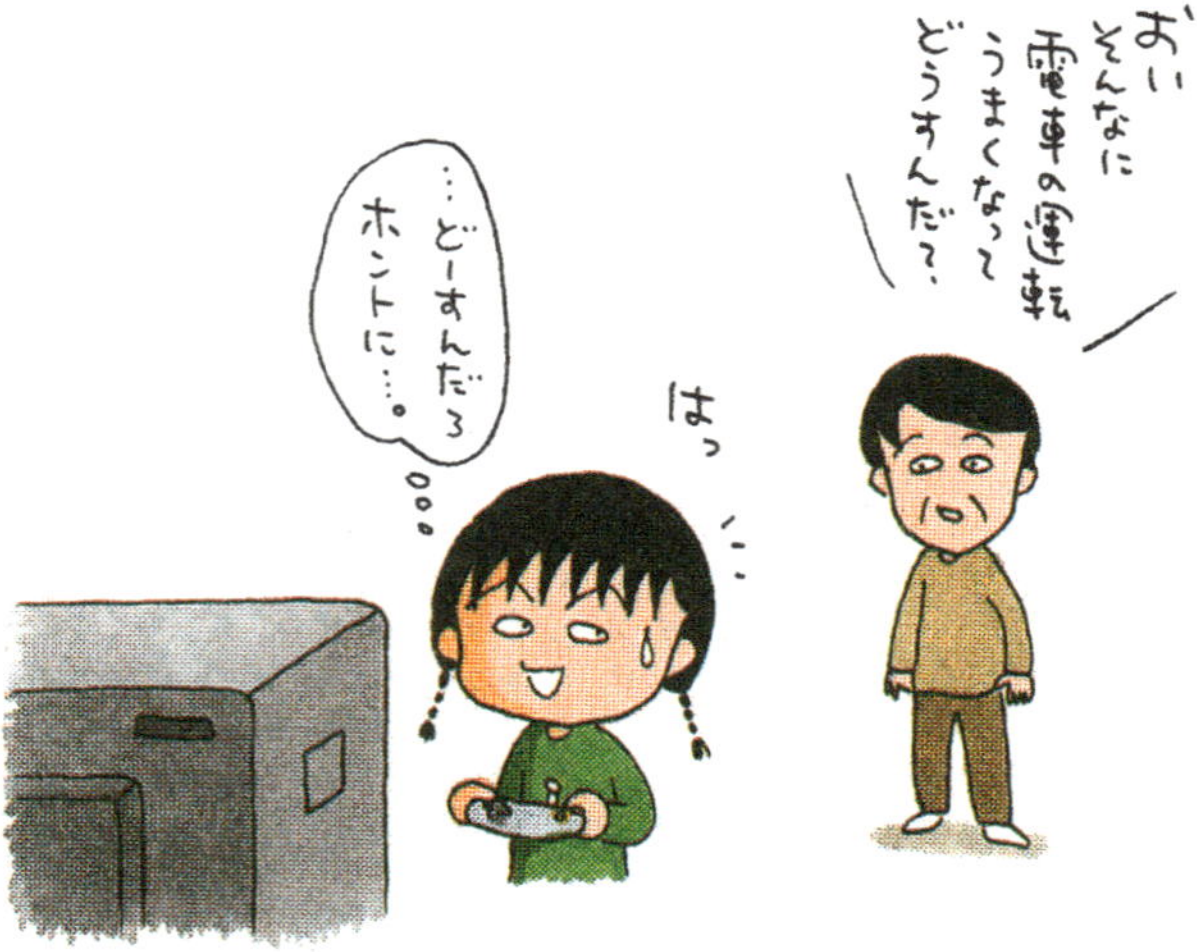

私がN64の『電車でGO!』を
やっている時 ヒロシがやってきて
「なんだ、またやってんのか。
そんなに電車の運転ばっかり
うまくなって、一体どうするんだ」
と言われ、ハッとした。

息子のコレクション

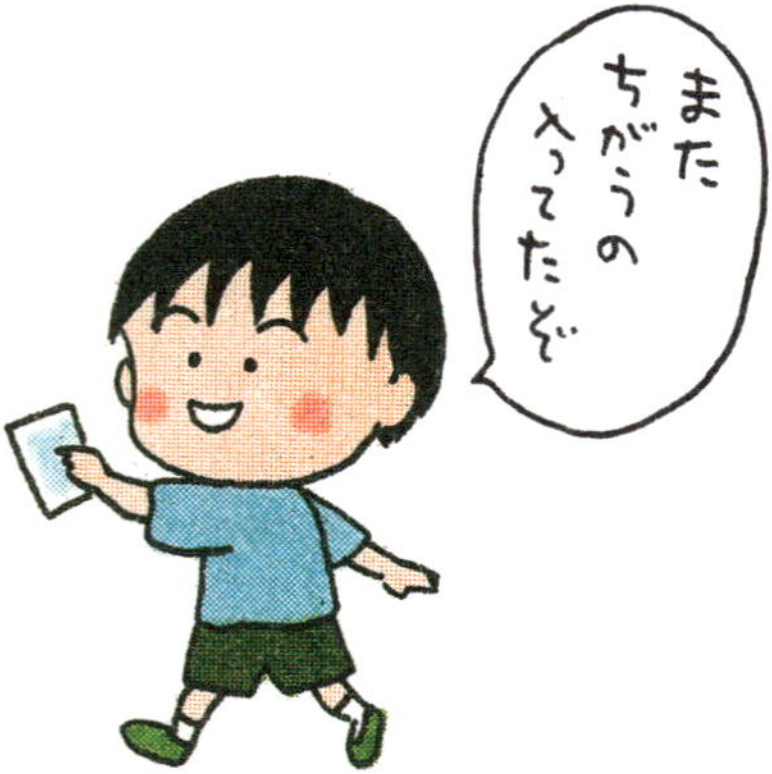
また
ちがうの
入ってたぞ

息子が続のほほん茶の
のほほん絵日記を
いつのまにか何枚も
集めていた。
自分のことがけっこう
かかれているとも知らずに。

さんかく帽子

クリスマス会のとき
さんかく帽子を持ってきた人がいて
一応みんなでつけてみたが
似合う人がいなかった。
「ももこさんが一番似合う」とか
言われたが　別にうれしくなかった。

人のちから

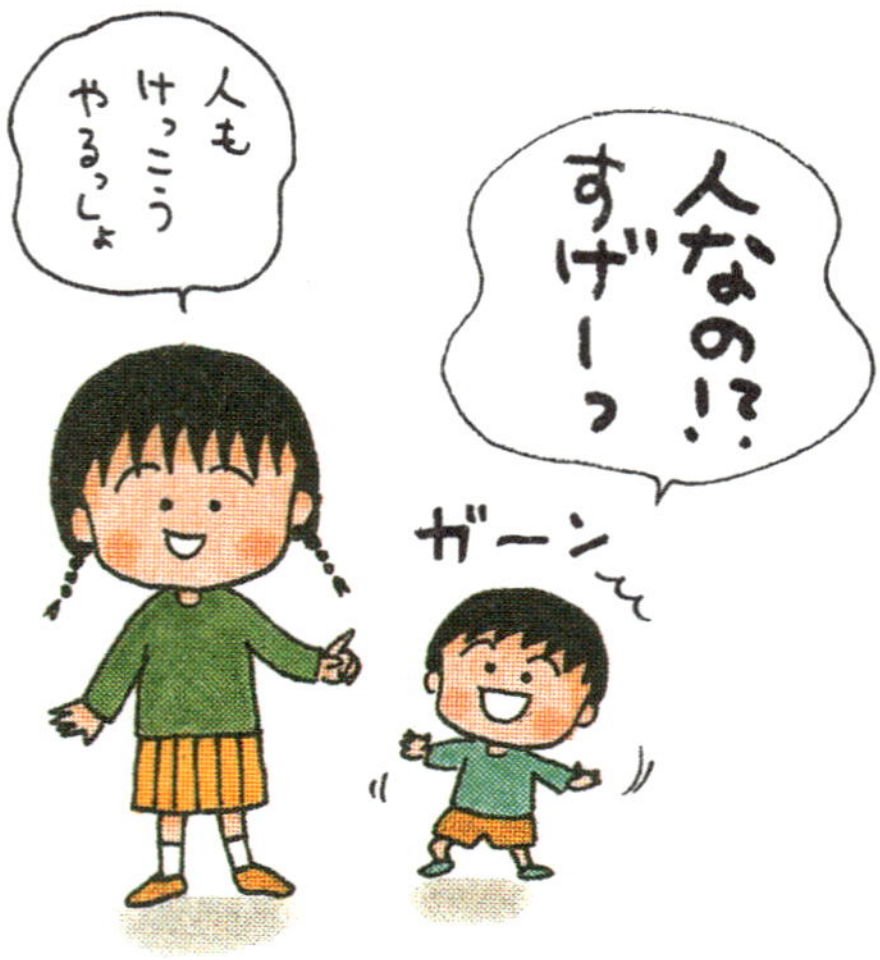
人もけっこうやるっしょ
ガーン
人なの!?すげーっ

息子と一緒に歩いている時
急に息子が「おかあさん、町って誰が作ったの？」
ときくので私は「人だよ。昔から、コツコツ
道を作ったり家を建てたりして、人が
町を作ってきたんだよ」と言うと
息子は「ガーン、神様じゃないんだ!!
人なんだ!! すげーっ 感動ーっ!!」と
人の力に感動していた。

あとがき

『もものかんづめ』は、サントリー『続のほほん茶』のキャンペーンで、一九九九年に24話ずつ二回にわたってかいた作品が合計48話ありました。

これを一冊の本にしたいと思ったわけですが、一冊の本にするためにはあと40話ぐらい追加でかかなくてはならなかったので、二〇〇〇年の5月に、集英社の新福さんに相談して、熱海のホテルでスタッフと共に二泊三日の合宿をして残りの40話をかきあげることになったのです。

なぜわざわざ熱海のホテルにしたのかといえば、お酒を飲みながら打ち合わせをした際に「今度のカンヅメは熱海が楽しいかもねー」と私が調子にのって言ったところ、新福さんや八代さんも喜んで「ぜひそうしましょー」と言い、大変盛り上がって決まったのでした。

私が母に「今度は熱海でカンヅメになることになったよ」と言ったら母

は驚いて「えっ、熱海で仕事するの!? なんで？」と言い、父ヒロシは「熱海かァ、オレも行きてぇな」と言ったのですが、「これは仕事なんだから、連れて行けないよ」と断りました。

熱海では、私は温泉も入らずに仕事をしました。アシスタントの藤谷さんもがんばりました。温泉には入らなかったものの、マッサージをしてもらったり、おいしい食事をみんなで喜んで食べたりして、いつもの孤独なカンヅメとは違った楽しい合宿になりました。

無事に40話をかきおえ、本当にホッとしました。祖父江さんが装丁をやってくれるのできっとかわいい本になることでしょう。

一九九九年のサントリー『続のほほん茶』のキャンペーンが始まった頃、息子は４才でしたが、その年の４月に誕生日を迎えて５才になり、今年の４月には６才になりました。この一冊の中で、一番成長ぶりが感じられるのは息子かな、と思います。ちなみに他の家族は今さら何ひとつ成長していませんが……。

一冊こういう本を作り終えてもまだまだ、日常で「あ、コレのほほん絵日記にかきたい」と思うことがいっぱいあります。

とんでもないことをしでかす息子や、どうでもいいことで大騒ぎする母や、役に立つことがあまりない父ヒロシに囲まれて毎日生きてる私にしてみりゃ、こういう本は十八番といえるよなァ……と思ったりしています。

この本の出版にあたり、サントリーの皆様、集英社の皆様、KKRホテル熱海の皆様、祖父江さん、本当にお世話になりました。

また、読んで下さった全ての皆様、どうもありがとうございます。

皆様、元気でお過ごし下さいませ。

二〇〇〇年　八月九日

さくらももこ

この作品は、二〇〇〇年九月、集英社から刊行されました。

集英社文庫

のほほん絵日記《えにっき》

2004年9月25日　第1刷　　定価はカバーに表示してあります。
2008年6月7日　第9刷

著　者　さくらももこ

発行者　加藤　潤

発行所　株式会社 集英社
東京都千代田区一ツ橋2-5-10　〒101-8050
電話　03-3230-6095（編集）
03-3230-6393（販売）
03-3230-6080（読者係）

印　刷　凸版印刷株式会社

製　本　凸版印刷株式会社

フォーマットデザイン　アリヤマデザインストア　　マークデザイン　居山浩二

ISBN978-4-08-747737-5 C0195